春风十里 只因有你

愿世间女子
所爱皆可得

四月默 —— 著

花山文艺出版社
河北·石家庄

图书在版编目（CIP）数据

春风十里　只因有你 ：愿世间女子所爱皆可得 / 四月默著. -- 石家庄 ：花山文艺出版社，2019.11
ISBN 978-7-5511-4218-2

Ⅰ. ①春… Ⅱ. ①四… Ⅲ. ①随笔—作品集—中国—当代 Ⅳ. ①I267.1

中国版本图书馆 CIP 数据核字（2018）第 201780 号

书　　名：春风十里　只因有你：愿世间女子所爱皆可得
著　　者：四月默

责任编辑：梁东方
责任校对：林艳辉
美术编辑：胡彤亮
出版发行：花山文艺出版社（邮政编码：050061）
（河北省石家庄市友谊北大街 330 号）
销售热线：0311-88643221/29/31/32/26
传　　真：0311-88643225
印　　刷：涿州汇美亿浓印刷有限公司
经　　销：新华书店
开　　本：620×889　1/16
印　　张：16
字　　数：200 千字
版　　次：2019 年 11 月第 1 版
2019 年 11 月第 1 次印刷
书　　号：ISBN 978-7-5511-4218-2
定　　价：59.00 元

序

春光烂漫的时节，着一件妃色袄裙，悠闲地去山间看桃花灼灼的景致。山间的桃花开得正好，粉得如同天边的霞光，又如同女子羞红的脸。就是在这样一个天朗气清的日子里，蓦然想起旧时那些形形色色的女子来，她们曾穿着绿罗裙在桃林里调皮地穿梭而过。那是很久远的故事，很久远的人，故事里的画面甚至有些模糊。

溪边有活泼的少女奋力地划着船桨，银铃般的笑声惊着了沙滩上的鸥鹭，年少成名的她嫁给了芝兰玉树的公子，鹣鲽情深地度过了很长一段时光。而后白驹过隙，她成了白发苍苍的老人，面对着物是人非的景色，唯有一声叹息。

窗外淅淅沥沥的雨打在芭蕉叶上，眉尖若蹙的妇人披上一件单衣点起一盏油灯，感受着那雨中的凉，恰如她生命里从未有过温暖，一直荒凉。

金碧辉煌的大殿上，她穿着山河社稷袄、乾坤地理裙，顶着沉重的凤冠；她看着夕阳西下，抬起手摸了摸鬓发，想起了闺阁淑女时的趣事，不禁凄然一笑。

金戈铁马的战场，有一女子鲜衣怒马，带着对家国的满腔热血奋力杀敌，她没办法坐以待毙，眼睁睁地看着远处有人隔江唱着《后庭花》，所以她毫不犹豫地拿起冰冷的刀枪保家卫国。

尘土飞扬的路口，一个如弱柳扶风的身影一直在等待着一个归人，日复一日，年复一年，路口的花开了又谢，谢了又开，她耗尽了所有的力气都没有等到那个人。

远处有袅袅的清香，她对镜贴花黄，用螺子黛画眉，细细挑选，换上了一件颜色鲜亮的衣裳去书房见他，她并不明白那些离她很远很远的大道理，但她懂他便足够了。

她们或是生于歌舞升平的太平盛世，是金枝玉叶的公主、才华横溢的高门淑女，或是战火纷飞的乱世中一个毫不起眼的妃嫔、一个郁郁寡欢的歌姬。她们的故事神秘到不可思议，她们的人生履历千差万别，就如同春暖花开时节那满园的花，姹紫嫣红，朵朵不同，各有各的芬芳，各有各的姿态。

这些风花雪月的过往，这些说不尽的悲欢离合，都化作了一场桃花雨，下在了我们心田，落英缤纷中我们看到了她们真实的容颜。她们自信、勇敢、坚强、善良、宽容、博学，她们活泼、狡黠、机敏、贤惠。从她们的爱恨情仇中我们学会了慈悲，从她们的悲欢离合中我们懂得了珍惜。

桃林中慢慢走，别只顾奔跑而忽略了那一树一树的花，不妨细细透过一片片桃花看看那些旧时光里的女子，与她们来一场桃林约会，听听她们的过往，瞧瞧她们从前的故事，在漫天花海中痛痛快快地醉一回。

目录

才女篇

帝女篇

后妃篇

歌姬篇

才女篇

闻君有两意 故来相决绝

卓文君

一

“愿得一心人，白头不相离。”每一对陷入热恋的男女总会重复这样一句话。

这句话出自西汉才女卓文君之口，两千多年后的今天依旧让人心潮澎湃，一同流传千古的还有卓文君“（古代）四大才女”之名。

这位声名远播的才女出生于富贵人家，父亲是卓王孙，家中金银财宝数不胜数。卓文君自小便在锦衣玉食的环境中长大，吃的是山珍海味，穿的是绫罗绸缎。

她长发如瀑，肤白貌美，从小就喜好诗书、音律，卓王孙很看重这个女儿。待她长大后，卓王孙精心为她挑选了个夫婿，可惜那人福薄，早早就去世了，丧夫的卓文君拖着行李回了娘家。

彼时，司马相如尚未成为著名的文学家，还只是个一穷二白的小子，不过他才华横溢，在当地也算是有点儿名气。

某日，临邛县令要去卓家赴宴，硬是把司马相如也拉上了。司马相如早就听说卓家有个美貌与才华并存的女子，可惜命不好，年纪轻轻就守了寡，他想见见这个女子，于是便半推半就地跟着临邛县令去了。

卓文君听说司马相如要来卓府后，特意梳洗打扮了一番——她仰慕司马相如的才情已久，如今终于有机会见见“庐山真面目”了。

二

席间，宾客满座，大家喝得酣畅淋漓。临邛县令面对着良辰美景总觉得不够尽兴，就邀请司马相如弹琴一首，司马相如弹了一首《凤求凰》。

有一美人兮，见之不忘。
一日不见兮，思之如狂。
凤飞翱翔兮，四海求凰。
无奈佳人兮，不在东墙。
将琴代语兮，聊写衷肠。
何日见许兮，慰我彷徨。
愿言配德兮，携手相将。
不得于飞兮，使我沦亡。
……

卓文君站在门后，透过门缝儿看着玉面青衫的司马相如唱得那样深情，不由自主地对他动了心，这就是所谓的一见钟情吧。司马相如感受到灼热的目光，弹得更起劲儿了，虽然他看不到门后佳人的模样，但他肯定，那佳人定是卓文君。

他的每一句都像是故意唱给她听的，躲在门后的她没办法不对号入座。一曲过后，宾客们照旧谈天说地，卓文君的心却沦陷了。

正当卓文君忧心司马相如会不会喜欢上她时，她的婢女过来悄悄告诉她，司马相如也对她一见钟情。寡居很久的卓文君重新燃起爱情的希望，她大胆地做出一个举动——私奔。她与司马相如门不当户不对，云泥之别，除了私奔，别无他法，她收拾了包袱，就火速去找司马相如了。

卓文君所在的那个时代，私奔是冲破封建礼教的大事，但她才不管人言可畏。为了爱情，她选择奋不顾身。

他们二人一起离开了临邛，卓王孙自是气得不行，发出话来，说再也不认这个不孝女。从此卓文君没了锦衣玉食，她也不再是千金小姐，而是成了司马相如的夫人。

三

再多的风花雪月都会熬成柴米油盐酱醋茶，十指不沾阳春水的卓文君也不得不在现实面前低下头，司马相如让她很欢喜，可家徒四壁也让她很绝望。左思右想下，她决定回临邛，临邛有朋友、亲人，再苦也苦不到哪里去，司马相如点点头答应了。

风风火火私奔的二人又回到了临邛，还开了家酒馆，卓文君脱下华服，换上粗布麻衣，开始了抛头露面、当垆卖酒的生活。

才子、才女卖的酒自然不一样，很快，他们的酒馆便有了名气，一下子就传到了卓王孙耳中，卓王孙尴尬极了，女儿抛头露面卖酒，这外头会怎么编派他这个做父亲的？最后，他勉强给了卓文君一些金银珠宝，让他们重新过上了好日子。

二人有了银钱后，收拾包袱去了成都，并在成都置办了田地，过得很舒心。

司马相如注定是个不平凡的人，他写了篇《子虚赋》，得到了汉武帝的赞赏。春风得意马蹄疾，司马相如不久就入长安做了官，这下卓王孙开心极了，女婿给他挣了面子，他也就不计前嫌地原谅了女儿的私奔之过。

官场得意，司马相如看到同僚们都有几房小妾，心里不禁羡慕得紧。他到底是个风流倜傥的男子，发达了，便起了不该有的心思——他想纳一个茂陵女子为妾。不过卓文君到底是和他共苦过的，他不想让她太难堪，于是就写了封信给她。

卓文君收到家书后，以为会有想象中的相思之苦，结果却是："一二三四五六七八九十百千万。"才子、才女心心相通，卓文君自然猜得出这背后的含义：独独少了个亿，少的是个"意"，原来情深不寿是真的。白纸黑字、熟悉的字迹，她看得泪流满面。

她回了封信给司马相如："一别之后，二地相悬。只道是三四月，又谁知五六年。七弦琴无心弹，八行书无可传，九连环从中折断，十里长亭望眼欲穿。百思想，千系念，万般无奈把郎怨。"

她怨，她恨，夫妻本该同甘共苦，她陪他当垆卖酒，他飞黄腾达后却忘记了枕边人，她不甘啊！

四

忆往昔，历历在目，而今却是满目疮痍。泪流尽，卓文君倒也想通了！

皑如山上雪，皎若云间月。闻君有两意，故来相决绝。
今日斗酒会，明旦沟水头。躞蹀御沟上，沟水东西流。
凄凄复凄凄，嫁娶不须啼。愿得一心人，白头不相离。
竹竿何袅袅，鱼尾何簁簁。男儿重意气，何用钱刀为？

君若无情，我便休！再多的缠缠绵绵也不过是徒增烦恼，从前的海誓山盟到底抵不过时间，她自始至终只求一心人，如果他心里有了别人，那她便不要他了！

身在长安的司马相如接到这两封信后，内心涌起一个字：悔！他想起与卓文君初识之际，自己弹了一曲《凤求凰》，她便不管不顾跟了他，从不嫌弃他一穷二白。千金小姐成了当垆卖酒女，纤纤玉指因为他生出了厚茧，她陪他共苦，他怎能沉迷于声色犬马，忘记了与她的花前月下呢？

她要的是完完整整的爱，少一丁点儿都不行。两封信，留住了司马相如的心。此后，司马相如再未生出这等心思，二人携手与共，恩爱到老。

卓文君的故事代代流传了下来，人们羡慕她的才情，喜欢她的爱情故事，更爱她不被时光磨平棱角的性子。

五

古往今来，有很多才子佳人的故事被人们津津乐道。可卓文君不一样，她的才华、智慧、勇气、决绝，都是独一无二的。她的每一个选择都是冒着巨大的风险，明知失败的可能性比成功大得多，但她仍是愿意赌上一赌，赢了，皆大欢喜；输了，她愿赌服输。

每一次，她都赌赢了，赢得漂亮，可也赢得心酸。

冲动勇敢的私奔带来的不只是郎情妾意，还有亲人的讥笑和讽刺；看似“白头不相离”的婚姻背后出现过怎么填也填不上的裂缝，那是一辈子的心痛。

她的一生很长，长到无法丈量；她的一生也很短暂，短得就如朝颜，朝开暮凋。

她在自己有限的生命里做了很多个饱含智慧的决定，她身上果断、勇敢的品质炫目得让人移不开眼。

人的一生，风风雨雨无数，卓文君用她的亲身经历告诉我们，遇到任何事情都别害怕，顺着心走，跟着感觉走，哪怕错了也没有关系，人这一生一定要为了自己勇敢一回。

有些事，或许不撞南墙，你永远也忘不掉，但即便撞了南墙受了伤，也没关系，果断回头便是，因为决定权从来都在自己手中，只要自己想，随时都可以改变行程。

前路未知，莫要害怕，进一寸便有一寸的欢喜。

露从今夜白
月是故乡明

王昭君

一

公元前 33 年，王昭君的一个举动让她名垂千古。因为这个大胆的决定，让她击败了褒姒、妲己等倾城倾国的女人，成为“（古代）四大美女”之一，引得古往今来无数人遐想。那一年的王昭君 19 岁，她坚定决绝，倔强得像一个勇士。那是一个深思熟虑的决定，那个决定从此改变了她的命运。

她出生于南郡秭归县的一个平民家庭，因有“仿佛兮若轻云之蔽月，飘摇兮若流风之回雪”之貌，心仪她的男子可以从城南排到城北，她曾幻想过与一人举案齐眉。

公元前 38 年，待字闺中的她得到上天眷顾，被选入宫。宫中虽有美人三千、佳人无数，可她的容貌却无人能及，宫婢们窃窃私语说她日后定然会得圣宠，说不定还能做上宠妃呢。她对着铜镜看着镜子里明眸皓齿的自己，露出了羞涩的笑容。

后宫佳丽数不胜数，若汉元帝亲自来看，实在太过烦琐。于是，汉元帝想了个法子，让画师们将宫女们都画下来，他再依照画像挑选美人。宫女们纷纷拿出银子，贿赂画师，只求画师能将她们六分的容貌画成十分。王昭君冷眼旁观，她不喜欢这种弄虚作假的行为，画师见王昭君这般冷漠，报复般地将王昭君画丑了几分。

王昭君左等右等都没有等来她期待的那道圣旨，很多姿色不如她的宫女都得到了皇帝的宠幸。一年又一年，宫中花开了又落，王昭君的心也冷了。

二

公元前 33 年，匈奴单于呼韩邪来到大汉，请求汉元帝赐给他一个女人。不过是一个女人而已，宫中女子成千上万，随便挑个花容月貌的女子给呼韩邪就是。汉元帝便毫不犹豫地答应了呼韩邪的请求。

这消息在宫里传开后，宫女们都战战兢兢，恨不得将脑袋低到尘埃里去，生怕被选中去那胡地吃苦受累。王昭君也听到了这个消息，她放下手中的活儿，思考了起来：自己待在深宫，不得君宠，且轻微卑贱，最后只能老死宫中；若去匈奴之地，也许会另有一番新天地。

王昭君想了一夜，最后她求见汉元帝，告诉他，自己愿意与匈奴单于和亲。她目光坚定，汉元帝看得失了神，这样倾城倾国的美人，他居然从未听说过，一经查探才知道是那画师搞的鬼。那个画师竟让明珠蒙尘，该杀！

好端端的一个美人，他身为一国之主没机会宠幸，倒是让呼韩邪捷足先登了，这简直是暴殄天物。汉元帝很生气，可他是皇帝，不能反悔，只能封王昭君为公主，眼睁睁地看着那如花似玉的美人踏上了和亲之路。

黄沙漫漫，北风肆虐，王昭君第一次看到这样辽阔的景象，那渐渐变得粗犷的天地与长安是不同的。此去匈奴，她不怕，可到底是意难平。她拿起琵琶，弹奏了一曲《琵琶怨》，用琵琶向她的故乡告别。

别了，大汉！别了，长安！

琴声凄凉，让南飞的大雁也不禁陶醉在她的琴声中，它们飞落在沙地上，久久不肯离去，似是在为这美人哀伤。

到了胡地，呼韩邪待她很不错，封她为宁胡阏氏。虽然呼韩邪身边美人不少，但他对这位倾城倾国的美人总是格外疼爱。

来自大汉的王昭君还受到了当地人的欢迎。她丹唇外朗，皓齿内鲜，容貌令人惊叹。不仅如此，她还将大汉的文化播撒在胡地，促进了匈奴的文化发展。

白天，她是真善美的化身；夜里，她是默默垂泪的女子。她想家，可她不能回家，漫漫黄沙让她也不再如往昔一般肤如凝脂，她的手掌也变得粗糙，生出了厚茧。

这条路，是她自己选的，可到底是怨的，怨不能得圣宠，怨君王让明珠蒙尘，怨有家不能回。

三

公元前 31 年，呼韩邪去世，呼韩邪单于长子复株累继位。王昭君长呼一口气，她的使命完成了。她修书一封，派人送去大汉。信中说：“臣妾幸得备身禁脔，谓身依日月，死有余芳。而失意丹青，远窜异域，诚得捐躯报主，何敢自怜？独惜国家黜涉，移于贱工，南望汉关徒增怆结耳。有父有弟，惟陛下幸少怜之。”

那时汉元帝已经驾崩两年了，继位的汉成帝荒淫无道，他懒得理会这种事，也没有被王昭君信中的真情实感所打动，丢下一句“从胡俗”就将此事抛之脑后了。

王昭君以为等来的会是接她回大汉的使者，没承想是这样一句话，她气得无话可说，随后只得遵从匈奴习俗嫁给了复株累。复株累为了稳固单于之位，杀死了王昭君的亲子伊屠智伢师。

命运从来由不得她做主，见着亲儿惨死，她却无能为力，还得对着复株累强颜欢笑。

她写下了一首《怨词》：

秋木萋萋，其叶萎黄，有鸟处山，集于苞桑。
养育毛羽，形容生光，既得行云，上游曲房。
离宫绝旷，身体摧藏，志念没沉，不得颉颃。
虽得委禽，心有徊惶，我独伊何，来往变常。
翩翩之燕，远集西羌，高山峨峨，河水泱泱。
父兮母兮，进阻且长，呜呼哀哉！忧心恻伤。

这字里行间都是怨，此怨一江春水都带不走。

大约公元前 15 年，王昭君逝于胡地。至死，她都没能回到她又爱又怨的大汉，落叶不能归根的苦，随着西风飘散在空中。

公元 2 年，王昭君长女须卜居次云去了大汉，在宫中服侍太后王政君。

汉宫芙蓉依旧，却已物是人非。须卜居次云站在母亲曾经走过的地方，代替母亲看了汉宫很久很久，她想象着母亲也回到了这里。“今人不见古时月，今月曾经照古人。”

于王昭君来说，大汉是故乡，是她做梦也想回去的地方；于须卜居次云来说，胡地才是生她、养她的一方水土。她在汉宫看到的是繁华、是陌生，那一刻她理解了母亲曾对她说过的“月是故乡明”。

时光不停，一切都是个循环。

四

王昭君的怨是长久的、是沉重的，这种苦她不能对人倾诉，因为她身上有着和亲公主的责任，所以人前她必须忍气吞声，即便有再多的怨，也要强颜欢笑。

她给大汉带来的是国泰民安，让匈奴与大汉和平相处了很多年。她是和平使者，可她也是一个牺牲者，她的一生都奉献给了国家，她用柔弱的肩膀挑起匈奴与大汉和平相处的使命。

她的泪汉元帝看不到，汉成帝更是置若罔闻。幸好几百年之后，有人看到了她的苦。杜甫说“千载琵琶作胡语，分明怨恨曲中论”，王安石说“可怜青冢已芜没，尚有哀弦留至今”。

她被誉为“（古代）四大美女”之一，是源于南飞的大雁都为她着迷，更是因为她为国家做出了巨大贡献。

“欲带皇冠，必承其重。”她的名垂千古，是她用几十年的血泪、几十年的牺牲铸就的。

漠漠黄沙，漫漫路。一个女人一生能有几次选择，一个女人又能承受选择之后果吗？出使胡地，背后是大汉，前面是荒漠。透过她的抉择，仿佛看到一个彻夜痛哭的昭君，看到一个将命运和国家交织在一起的昭君。沉鱼落雁、闭月羞花之貌固然国色天香，但在昭君的美貌承载起大汉沉甸甸的历史责任后，我们看见的却是另一种美。一种只可远观，却没有勇气靠近的美。目之所及，尽是黄土；心中所思，却是大汉。

闭眼凝思，身在这样的社会里，却没有她这样的勇气和担当，也是我们所不能达到的吧。

“当时明月在，曾照彩云归。”我们只能默默祝愿她的魂魄随明月回到了大汉，回到了长安！

身世浮沉雨打萍
蔡文姬

一

1987 年国际天文组织给水星上发现的环形山命名，当中有 15 个是以中国文化名人命名的[1]，蔡文姬便是其中之一。与她同享此殊荣的有“绣口一吐，就是半个盛唐”的李白、千古女词人李清照、清代最伟大的小说家曹雪芹、中国现代文学的开拓者鲁迅等。精挑细选的十五个中国文化名人，每一个都是一段传奇。

作为其中仅有的两名女性之一，蔡文姬是瞩目的。中华历史源远流长，从古至今，名人可谓浩如星辰，但能上天者，屈指可数，能上天的女性，更是寥寥无几。

夏日夜深人静时，繁星满天，有星星在调皮地眨着眼，那闪烁的光芒中就藏着一个东汉女子蔡文姬，她在离太阳最近的地方沐浴着阳光，感受着温暖。那是她一生苦苦追求的温暖，如今她总算如愿以偿。她默默地注视着人间繁华，抿嘴轻笑着，那是发自内心的快乐。

[1] 这 15 个中国文化名人为伯牙、蔡文姬、李白、白居易、董源、李清照、姜夔、梁楷、关汉卿、马致远、赵孟頫、王蒙、朱耷、曹操、鲁迅。

二

时势造英雄，东汉末年涌现出多少豪杰，他们羽扇纶巾，谈笑间，樯橹灰飞烟灭。

蔡文姬便是出生在那样烽火狼烟的东汉末年，她名蔡琰，字文姬，她的父亲是东汉家喻户晓的大文学家、书法家蔡邕。有这样一个出色的父亲，蔡文姬自然从小就受到了最好的教育。诗词歌赋，她样样精通；琴棋书画，她无所不能。

蔡文姬不仅琴技高超，还能辨音。传闻她九岁那年，蔡邕在院子里弹琴，琴弦忽然断了，坐在旁边的蔡文姬头也不抬地道："爹，第二根弦断了。"事实也确实如此。

不过蔡邕觉得女儿这不过是瞎猫碰上了死耗子——偶然罢了。为了考验蔡文姬，蔡邕又故意弹断了一根弦。蔡文姬再次头也不抬地道："第四根弦断了。"——准确无误，蔡邕摸着胡子，仰天大笑。

潜心学术的蔡邕与沉迷诗书的蔡文姬在蔡家小院里过得安宁又舒服，谁知风云变幻的朝堂打破了这份宁静。

喜好文学的蔡邕被董卓强令为官，蔡文姬也就跟着父亲去了长安。做了官的蔡邕开始为芳华正好的蔡文姬挑选夫婿。他不想升官发财，也不想为女儿挑个官宦子弟，左右权衡下，他看中了卫仲道。

在春光烂漫、鸟语花香的时节，在一个风和日丽的日子里，蔡文姬嫁给了河东卫仲道。年龄相仿、志趣相投的二人很快就坠入了爱河。他们花前月下，海誓山盟，不过还没等到海枯石烂，他们的幸福便结束了。成亲不过一年，卫仲道就因病去世，蔡文姬泪流满面地回了娘家。

祸不单行，她的父亲蔡邕被王允投入大牢，她祈求上苍能早日让父亲无罪释放，可上天并没有理她。动荡不安的时局里，匈奴也挥兵南下，在兵荒马乱中，蔡文姬被匈奴掳走了。

战火纷飞，到处都是嘶喊声、炮火声，此起彼伏，她看着满目疮痍的大地，泣下沾襟。

三

好在天无绝人之路，蔡文姬在北方并没有受到虐待、蹂躏，许是她年轻貌美、才华出众，竟得到了左贤王的宠爱。

北风凛冽，烧着炭火的匈奴汉子拿着弯刀烤着羊肉，蔡文姬坐在一边默默地抿着小酒。酒入愁肠，化作一滴滴泪。

初到北方时，她对一切都抗拒、排斥。她不习惯饮那烈酒，不喜欢吃那腥味很重的羊肉，更不适应那奇装异服。她想念长安，想念儿时的蔡家小院，想念与卫仲道那短暂的一年。她曾在深夜里痛哭过多少回，在梦里梦见过多少次自己终于重回故乡，可都是徒劳。

后来啊，她也习惯了，还和左贤王生了两个孩子，有孩子在身边，日子总算好过了些。

十二年的光阴，十二年的煎熬，她从姿色可人的女子变成了蒲柳之姿的妇人。

与此同时，曹操煮酒成了英雄。曹操曾与蔡邕交好，他听说故友之女尚在胡地，二话不说便派人携了重金去胡地，交代务必要赎回蔡文姬。

没机会回家时，蔡文姬日思夜想，可心愿终于成真后，她却有些犹豫。她放不下自己的两个孩子，他们还那样小啊，每天都是她教他们读书识字，如今却要骨肉分离，这让她痛入骨髓。一边是家乡，是她做梦也想回去的地方；一边是母子情，让她割舍，简直就是切肤之痛。悲喜交替，难难难！

曹操的使者急声催促着，稚嫩的幼子死死地扯着她的衣角不肯放手。“儿呼母兮啼失声，我掩耳兮不忍听，追持我兮走茕茕，顿复起兮毁颜形。”最后她闭上了眼……上了马车后，她不禁痛哭流涕。

路途遥远，使者们都为完成了任务兴奋不已，只有她悲喜交加，百般滋味在心头。

回到家，面对物是人非，蔡文姬还来不及感慨，就被曹操喊去了。曹操待她很好，听闻她在胡地的遭遇，赏赐了她很多金银财宝，还将她嫁给屯田都尉董祀。

蔡文姬十分惊讶，董祀年纪轻轻、仪表堂堂，她却已年老色衰，两人恐怕无法举案齐眉。可她不过是个女子，如今能回到家中，已是曹操念着旧情格外施与的恩惠，她哪里敢拒绝曹操的好意？

虽风光嫁人，蔡文姬却有点儿惊慌。

四

婚后果然如蔡文姬所料，年轻气盛的董祀对她颇为冷淡，她泣泪写下《悲愤诗》，将那些前尘往事一一道来，直白吐露心中的所思所想，最后她说“还顾之兮破人情，心怛绝兮死复生”。

董祀是她今后的希望，无论如何，这段夫妻关系她必须好好维持。他冷淡，那她就温暖他好了，人心都是肉长的，总会焐热的，一年不行就两年，两年不行便三年。

上天待她不薄，很快就给了她一个机会。某日，董祀犯了重罪，惹怒了曹操，曹操扬言要将他处死，蔡文姬听到这个消息后吓了一跳，她好不容易才有了安稳的生活、平淡的幸福，怎能就这样丢了？她赤着脚跑去找曹操，希望曹操能够宽恕董祀一回。

曹操那会儿正在宴饮宾客呢，喝得畅快淋漓之际，底下士兵突然来报，说蔡文姬求见。曹操心想这下正好可以让众人见识见识才女的风采，让他们看看蔡邕的女儿是多么的优秀，于是便让蔡文姬赶紧进来。

谁知蔡文姬披头散发、光着脚丫匆匆忙忙地就进来了，见到曹操后，她立马跪下磕头，替董祀求情。她说出了自己的悲楚，言辞之坦诚、道歉之诚恳，让在座嘉宾无不动容。曹操也被蔡文姬的言辞所打动，不过他也是好面子的，开口问道："降罪的文书我早发出去了，这该怎么办呢？"

蔡文姬不慌不忙地道："您的马厩里有上万匹好马，强健的士卒更是数不胜数，用一匹快马来拯救一条性命，这难道不值得吗？"

曹操点点头，答应了蔡文姬的请求。

"不过……"曹操话锋一转，"听说你家原来有很多古籍，现在还能记起来吗？"

蔡文姬当即会意："我会把我记住的都写给您。"

四百余篇古籍换回来一个从此对她一心一意的董祀。此后，蔡文姬找回了遗失很久的欢乐，董祀再也没有嫌弃她的蒲柳之姿，两口子如胶似漆，欢度余年。

随后，她创作了《胡笳十八拍》，用高超的琴技弹出了一首流传千古的名曲，让我们记住了东汉末年有个悲情才女名叫蔡文姬。

五

月色温柔，三国的烽火连天已经久远，风雨湮灭了蔡文姬的身影，我们看不到她的凄凄惨惨戚戚，也听不见她的呜咽声。

古往今来，多少英雄都是在血泪中留下了一段传奇；多少才女佳人，都是以红颜薄命的悲剧让人叹息怜悯。

蔡文姬凭借她的辨琴之才在《三字经》里留了名，这让人清楚地看到了她的才华。但她身上的坚强不屈、不向命运屈服的精神更让世人钦佩。

在卫仲道病逝时，她没有自暴自弃、抱怨连天；被掳去北地时，她忍辱负重，熬了整整十二年；遭受磨难时，她向前看，向着光明看，笃定会有柳暗花明，所以她等到了曹操派来的使者，等到了重回家乡的那一天；莫名其妙嫁给董祀后，她夫唱妇随，用一颗真心换另一颗真心，哪怕知道结局可能不如所愿，还是义无反顾地勇敢向前。

她写的诗、谱的曲，字字血泪，让人疼惜不已，可其中的乐观积极、坚强向上更是难能可贵。

苦难成就了她，乐观塑造了她，蔡文姬这个名字值得上天，值得和李清照肩并肩，更值得和李白、白居易、朱耷、关汉卿等放在一起，接受世人的膜拜。

天上的星星亮晶晶，哪一颗里有蔡文姬在眨着眼睛呢？

未若柳絮因风起

谢道韫

一

旧时王谢堂前燕，谈笑间，浮华不过弹指间；游云惊龙流百世，须臾间，风流无数做了土。

那是一个战火连天的年代，也是一个思想高度自由的时代。山阴道上桂花初，王谢风流满《晋书》。

流觞曲水中，我们看到了群贤毕至，那里有数不清的芝兰玉树；落英缤纷中，我们看到了吟哦诗词的才女谢道韫，她用言行诠释着何为林下之风。

时光穿越清、明、宋、唐，回到了公元三百多年的东晋王朝。在一个大雪纷飞的冬日，谢安带着子侄辈一同去赏雪。望着雪花飘飘，谢安诗兴大发，开口道：“白雪纷纷何所似？”说罢，看向身侧的子侄辈。

侄子谢朗赶紧抢答：“撒盐空中差可拟。”

谢安听罢点点头，将雪比作盐，形态无异，倒是不错。

站在一旁的谢道韫稍加思索道：“未若柳絮因风起。”

谢安听到眉清目秀的侄女的这句话后，顿时哈哈大笑。

将那漫天飞舞的大雪比作随风而飘的柳絮明显更胜一筹啊。盐虽有雪之形之色，但柳絮更形神具备。这句诗将雪的轻、柔、美形容得传神又动人，还隐隐有些期盼春日之意，实在是妙！

从此“咏絮之才”成了才女的代名词，谢道韫也因为《世说新语》中的这句诗而千古留名。

二

这个在《世说新语》中留名的才女，出生于簪缨世家，她的父亲是安西将军谢奕，叔父是名满天下的谢安。在这样的名门世家里，她受到了良好的教育，从小就熟读《诗经》，更有叔父谢安时不时地言传身教。

隐居东山的谢安很喜欢这个颇有才气的侄女。某日，谢安与子侄辈一同谈论《诗经》，他问一众子侄，《诗经》中哪句最佳。

谢玄不假思索地答道：“昔我往矣，杨柳依依。今我来思，雨雪霏霏。”

这两句为《采薇》中的诗句，《采薇》写的是行军打仗的将士们的艰苦，抒发的是将士的思归之情。正所谓，三岁看大，七岁看老。这位幼时就觉得《采薇》最好的谢家小郎，长大后在淝水之战中大显身手，成了一位上阵杀敌的大将军。

随后谢安将目光放在了侄女谢道韫身上，谢道韫不紧不慢地答道：“吉甫作诵，穆如清风。仲山甫永怀，以慰其心。”

这两句为《烝民》中的诗句，《烝民》写的是周朝老臣吉甫的忧国忧民，这正合明明出世却不忘天下黎民的谢安的心意。谢安大赞侄女有雅人深致。

时光荏苒，白云苍狗。一晃眼，谢家女郎已到及笄之年，谢安开始为这个有才有貌的侄女儿挑选郎君。能与他们谢家门当户对的，除了皇家也就只有琅琊王氏了，谢安将目光放在了王羲之的那几个儿子身上。依他说，王羲之的七子之中，幼子王献之最好。王献之曾同哥哥们一起拜访谢安，当时谢安就对这位寡言少语的小儿郎评价最高。可惜，王献之年幼不说，还有个青梅竹马，这让谢安打消了念头。

随后，他又看中了王家五郎王徽之。王徽之风流潇洒，且年纪也刚刚好，实在是个不错的人选。可当他听闻王徽之曾夜访戴安道，未至而返后，又觉得此人太过张扬，如此看淡礼法，并不是夫婿上选。谢安挑来挑去，最后定下了王家二郎王凝之，此人稳重踏实，做夫婿乃上上选。

才华横溢的谢道韫就这样嫁到了“王与马，共天下”的琅琊王家。

三

燕尔新婚，可是谢道韫过得并不愉快。王凝之稳重有余而才气不足，虽然书法尽得王羲之之韵，可在谢道韫眼中，他文不成、武不就，太过平庸。这种不悦遮都遮不住，她也懒得遮掩。

后来，谢道韫回娘家探亲时，谢安出于关心问她感觉如何。她顿时怨气骤起，忙跟亲人吐槽道：“一门叔父，则有阿大、中郎；群从兄弟，则有封、胡、遏、末。不意天壤之中，乃有王郎！”

想他们谢氏一门，叔父谢安，兄弟谢韶、谢朗、谢玄、谢渊，个个人中龙凤，哪个不是江左风流人物？她还真没见过像王凝之这样的平庸之辈。

王凝之的稳重低调在她眼中没有半点儿可取之处，她风光大嫁的人实在太过平庸。

婚姻不幸，但她并未藏着掖着，只觉得不吐不快。可吐槽、抱怨过后，她依旧认认真真地生活，她深知自己不可能与王凝之和离，也就不奢望“一别两宽，各生欢喜”。没人与她赌书泼茶，她便自己修炼才气，也算是自得其乐。

曾有个叫张玄的男人觉得自己的妹妹——嫁到顾家[1]的张彤云可与谢道韫相提并论，逢人就夸自己的妹妹集美貌与才华于一身。就有人问常出入两家的一个叫济尼的人，这两位才女谁更胜一筹呢？济尼本着“两个都不得罪，两家都得罪不起”的态度，说道：“王夫人神清散朗，故有林下风气；顾家妇清心玉映，自有闺房之秀。”——“林下风气”“闺房之秀”，从字面上就可以知道济尼的答案。

除了吟诗作对、相夫教子，谢道韫偶尔也参与“清谈”。某日，王家七郎王献之与诸客清谈时落了下风，让素来口若悬河的王献之不禁愁眉不展。恰好，谢道韫听闻了此事，忙叫侍女递了张纸条给小叔子，说愿意替他解围。

才女帮忙，一个顶俩，谢道韫一开口便是谈古论今，语惊四座。在场的男子纷纷甘拜下风，输得心服口服。

纵然生活枯燥无味，但也要过得有声有色，她的教养、气节不允许她自暴自弃。

四

繁华过后，难逃衰败。日薄西山的东晋王朝发生了叛乱，孙恩起义造反。身为会稽太守的王凝之信奉五斗米教，他认为孙恩与自己的信仰一致，怎么会造反？他相信有神明庇佑，也相信孙恩心中有道。谢道韫劝了他好多次，他都置之不理。

[1] 朱、张、顾、陆是吴郡的四大世家。

谢道韫见丈夫冥顽不灵，只得自个儿组织家仆数百，夜以继日地操练兵法。孙恩攻城时，王凝之及他们的子女皆被杀害。谢道韫眼睁睁地看着夫死子亡，她带领一众仆人拿起武器杀敌，并亲手杀了几个叛军。

谢道韫毫不畏敌，勇气可嘉。但他们只有数百人，跟孙恩的叛军相比，无异于以卵击石。孙恩拿着长剑步步紧逼，她怀中的外孙刘涛吓得瑟瑟发抖，她大喊道："事在王门，何关他族？此小儿是外孙刘涛，如必欲加诛，宁先杀我。"

她那股将自己的生死置之度外的气势，让孙恩一个七尺男儿都折服了。他素闻谢道韫是个有才华、有气节的女子，真是百闻不如一见。因为这一番话，孙恩放下了手中的长剑，并派人护送谢道韫回会稽。

"咏絮才女"并不是像柳絮般柔软，她坚强勇敢得可以与男儿共比高。河清海晏时，她谈诗、谈史、谈家事；风吹雨打时，她傲骨铮铮如山上松。可做松是孤独的，丧夫丧子的她回到了会稽。历经世事后，她只想远离尘世喧嚣，在山林中寻情寄乐。

她写下一首《泰山吟》：

峨峨东岳高，秀极冲青天。
岩中间虚宇，寂寞幽以玄。
非工复非匠，云构发自然。
器象尔何物？遂令我屡迁。
逝将宅斯宇，可以尽天年。

人世已无羁绊，不如归隐，不如看云出岫，晨起四处走走，黄昏吟赏烟霞。

五

关于她的故事便到此为止了。想来，归隐的她会在茂林修竹、崇山峻岭间寻到如旧日谢安隐居东山时的那种乐趣。这个年少时因为一句“未若柳絮因风起”便才名远播的女子，活出了不一样的自我。

年少成名时，她不骄不躁；所嫁非人时，她没有自暴自弃，在清谈、诗书里找到了依托；遭遇变故时，她那双握笔杆的手坚定地拿起刀枪，勇敢无畏地刺向敌人，凭着巾帼风骨让敌军折服。

明明是女儿身，却有一颗不输男儿的心。她柔弱又坚定，潇洒又勇敢，从容又果敢，区区一个“才女”之名完全不够形容她。

后世常说魏晋多风流，王谢荡晋书。浪花淘尽千古才女，很多人都消失在历史的长河里，能诗、能辩的谢道韫却一直在河中穿梭。

而今，再一次看到大雪纷扬时，那漫天的雪花像极了公元三百多年的那次。

西风多少恨 吹不散眉弯

上官婉儿

一

她是中国古代“四大才女”之一，才华横溢；她是武则天信任的“内舍人”、唐中宗李显的妃嫔；她也是“巾帼宰相”，曾权倾朝野，风光一时。

她，就是独一无二的上官婉儿。她出身名门，祖父上官仪官至宰相，她本该拥有幸福平安的一生，可是一场飞来横祸，却让上官家满门遭殃。

公元 664 年，唐高宗对皇后武则天有些怨念，想要惩治她。这时唐高宗召来了他素来信任有加的上官仪，上官仪早就对武则天干政不满了，这分明就是牝鸡司晨，皇上难得对皇后不满，此时若不抓住机会把武则天赶下去，更待何时！于是，他向唐高宗建议废后，唐高宗觉得这个主意不错，便让上官仪赶紧写个废后诏书。

谁知诏书还没写完，武则天就收到了消息，飞速赶来，站在一旁的上官仪顿感不妙。果然，武则天一来就对着唐高宗哭诉，软硬兼施下，唐高宗败下阵来，黑锅却让上官仪背了。武则天大怒，火速将上官仪杀了，还未满一岁的上官婉儿就跟着母亲郑氏进了掖庭——本该为千金小姐的上官婉儿，瞬间从天堂跌入了泥潭。

在掖庭，郑氏十分注重对上官婉儿的培养，在这样一个学识过人、有远见的母亲的教育下，上官婉儿在十四岁那年就有了名气。后来，她“小才女”的名气传到了武则天耳中，武则天决定要考考这个小才女。

听到题目后的上官婉儿镇定大方，稍作思索便写下一篇文章，文辞优美、浑然天成。武则天看后夸赞不已，完全不计较曾与上官仪的私人恩怨，立马决定让年纪轻轻的上官婉儿掌管宫中诏命。

上官婉儿就这样脱去了奴婢的身份，走出了掖庭，凭借着自己的努力得到了武则天的欣赏。

二

上官婉儿知道武则天是她的杀父仇人，还杀了她家好多口人，她是怨恨的。可是武则天又给了她机会让她参与朝政，这让她很感激，也很矛盾。

她小心翼翼地侍奉武则天，一丝不苟地处理事务，武则天对她很满意。其实她一直不明白，武则天为什么会相信她，还给她这么多机会，提携她、教导她。女人的心思太难猜，那个全天下最尊贵的女人心里想的是什么，她猜来猜去也猜不明白。

当然，武则天并不是永远对她满意，有一回她惹怒了武则天，被处以“黥面”之刑。这事过后，她更加谨慎行事，毕竟伴君如伴虎，在皇帝身边做事，有任何差池都可能会掉脑袋。

一年三百六十五天，她将心思都扑在了职务上，用心、努力地办好武则天交给她的事情。辛苦的付出也得到了回报，武则天越来越看重她，大事也能放心地交给她去处置。

处理完武则天交给她的朝政之事后，空闲下来时，她也会写写诗。她才华过人，继承了祖父上官仪的诗风，能用毛笔写出细腻的感情，而且她还喜好山水，写过不少山水诗，比如著名的《游长宁公主流杯池二十五首》，其中有段这样写的："策杖临霞岫，危步下霜蹊。志逐深山静，途随曲涧迷。渐觉心神逸，俄看云雾低。莫怪人题树，只为赏幽栖。"

虽然她没有办法过上田园般的生活，但她寄情山水，在诗中表达了自己对于大唐山河的热爱。她没去过外面的世界，可她心中自有一片青山绿水，那里有落英缤纷，那里遍地都是青苗。

斗转星移，白驹过隙。武则天老了，身体也每况愈下，朝中蠢蠢欲动，上官婉儿知道这天恐怕是要变了。她默默地看着"神龙政变"的发生，没有阻止，也没有告密，她明白这天下到底还是李唐的天下。

唐中宗李显登基，她被封为正二品昭容，在这次政变中她毫发无伤。

三

上官婉儿当上昭容后，在朝政上施展拳脚的空间就更大了，她多次为唐中宗李显出谋划策，深得李显信任。李显的皇后韦氏对上官婉儿也颇和颜悦色，韦皇后十分欣赏她的政治才能。韦皇后是个有野心的女人，她曾陪着李显吃过不少苦头，当上皇后的她自然也向着权势靠拢。她想，如果上官婉儿能成为自己的左膀右臂，那简直是好极了。

上官婉儿在唐中宗一朝充分展现了她的政治才能，让人惊叹不已。与此同时，她也参与品评诗作，这是她的专长，她从未丢弃过。某日，唐中宗李显请她来品评诗作，要在百余人中选出一首最好的。

上官婉儿在沈佺期与宋之问的诗作中犹豫了许久，最后觉得宋之问的尾句更胜一筹，宋之问写道：“不愁明月尽，自有夜珠来。”大气、有力，让人读之意犹未尽。满场皆叹服上官婉儿的点评。

她只是后宫一个区区昭容，如果不是才华惊人，又怎能点评文坛诗人之作，还能让满座皆点头称赞？这种才华让历来接受男尊女卑观念的众人忽略了性别之见，只觉得上官昭容果真是名副其实的才女。

在唐中宗李显在位期间，上官婉儿帮祖父上官仪平反了冤屈，还了他们上官家的清白。谁也没想到，上官仪的冤屈最后是由一个曾经是奴婢的女子平反的，她用自己的力量撑起了家族的一片天。

唐中宗李显忽然驾崩，快得让人措手不及。站在上官婉儿面前的有韦皇后和太平公主，她不知道该站在谁的旁边。韦皇后控制了宫中禁军，可太平公主和相王同样不容小觑，两方势力施压，她握着笔有些抖。

最后，上官婉儿和太平公主联手将“遗诏”艰难地拟了出来，相王李旦辅政，韦皇后垂帘听政。可是韦皇后这个人及其党羽过于贪婪，他们想独揽大权。而权力一旦分散在几个人手里，做起事来那将无比麻烦。

大唐第一公主——太平公主知道那些人心里的小算盘，她和侄子李隆基一拍即合，发动了“唐隆政变”，并剿灭了韦皇后一党。上官婉儿站在宫殿里，看着天又变了。

四

上官婉儿以为和太平公主共拟的“遗诏”已充分说明自己的立场——她和韦皇后不是一派的，辅助李隆基发动政变的刘幽求更是拿着“遗诏”恳求他开恩，放过上官婉儿，可是李隆基不答应，他执意要杀上官婉儿。

李隆基觉得这个女人不简单，还是杀了放心。毕竟武则天曾经这样信任她，可她最后却背叛了武则天，眼睁睁地看着李显等人发动政变。后来呢，她又得到李显的无比信任，可在写“遗诏”时却左右摇摆，为自己留了一条后路，谁也不得罪。她以为自己这是聪明过人，其实却是聪明反被聪明误。

她作为君王身边被信任的女人，从来都不懂得“忠”——只有忠心耿耿的人，才能够得到别人的尊敬。像她这样趋炎附势、善于逢迎的女人，李隆基见得多了，从前她能背叛武则天，怎知明日不会背叛他们呢？

她就像一棵草，风往哪边吹，就往哪边倒。与其任由这样一个女人活着，将来可能成为祸害，不如乘机杀了。李隆基没有犹豫，上官婉儿就这样死在了“唐隆政变”中。

虽然上官婉儿的行为让李隆基厌恶不已，可她的才华却很受他欣赏。李隆基继位后，特意派人将上官婉儿曾经的诗作收集起来，汇编成集。因为能有这样才气的女人，少之又少。

纵观上官婉儿的一生，真可谓是个传奇。

她才华横溢、谨慎小心，能够从掖庭走进朝堂，先后得到了武则天、李显的看重，让人完全忽略掉她女儿家的身份、罪臣之后的身份，参与朝政，还起草了不少诏书。

她趋炎附势、曲意逢迎，从未真正对谁尽忠过，谁有权势，她就努力向谁靠拢，为她觉得有潜力的人出谋划策。她却忘记身为人臣，最重要的就是忠，一次不忠，百次不容。这种左右逢源让她丢掉了性命，可惜她到死都不明白这个最简单的道理。

这是一个毁誉参半的人物，任世事变迁都无法否认她的才华，任沧海桑田都掩盖不了她不忠的缺点。

我们要学习上官婉儿在遭遇命运的打击时能够坚强不屈、努力向上、积极乐观地面对生活的态度；也要以她为鉴，不要左右摇摆、曲意逢迎，应当做一棵松，在风风雨雨中坚强、向上，始终保持傲骨铮铮、坚忍不拔，向着一个目标努力拼搏。如此，管它什么东西南北风，都能活出精彩的一生。

不结同心人 空结同心草

薛涛

一

在唐朝，男性诗人光芒四射，随便提一个都是重量级的人物。而在这个开明的国度里，却有位女诗人流传下来九十多首诗作。她是“唐代四大女诗人”之一，名叫薛涛。

薛涛出身不错，她的父亲薛郧在长安做官。薛郧对女儿的教育格外用心，而薛涛天资聪颖，一点就通，诗词歌赋样样精通，薛郧对这个女儿很满意。

某日，薛郧和薛涛一起在院子里乘凉，院中的梧桐树枝繁叶茂，薛郧忽然诗兴大发，他道：“庭除一古桐，耸干入云中。”随后，他将目光投向了女儿身上。

薛涛未加思索便脱口而出：“枝迎南北鸟，叶送往来风。”

薛郧一听，点点头，女儿果然聪慧。但仔细想了想，他又摇了摇头，“迎来送往”这是形容风尘女子的词，女儿小小年纪居然说出这种词，不好呀！不过女儿聪慧可爱，薛郧便也没有指责她，他觉得以后好好教导女儿就是了，有他在，总不至于会出什么乱子。

但人算不如天算，薛郧为官正直，一不小心就得罪了当朝权贵，一下子就被贬到成都。他们一家人就从歌舞升平的长安城搬去了锦官城[1]。而更大的打击还在后头，没过多久，薛郧就染病去世了，徒留薛涛与母亲两个人相依为命。

家中少了主心骨，她们的生活也陷入了窘境，早慧的薛涛意识到了生活的艰难，为了维持生计，她被迫入了乐籍，这一年她 14 岁。

若非生活所迫，她也想做一个只晓得吟风弄月的娇娇女。年少时无意吟出口的那句“枝迎南北鸟，叶送往来风”居然成了真，世间之事真的很玄妙。

二

薛涛天生一副好相貌，堪称闭月羞花，还兼有咏絮之才，这样的金子在哪里都会发光的。

公元 785 年的一天，薛涛遇见了她的“伯乐”——韦皋。韦皋当时是剑南西川节度使，他可是朝堂上响当当的人物。韦皋一生的履历可谓闪闪发光，他曾破吐蕃，是一代名臣。

宴席上，韦皋初次见到容貌姣好的薛涛，但并没有什么特别的感觉。他听闻过薛涛的名气，不过是真才实学，还是言过其实，那就需要试试才知道了。于是，韦皋给薛涛出了道考题，他让薛涛以“巫山庙”为题赋诗一首。

薛涛当即从命，稍加思索便在纸上写了出来：

乱猿啼处访高唐，路入烟霞草木香。
山色未能忘宋玉，水声犹是哭襄王。

[1] 锦官城，古代成都的别称。

朝朝夜夜阳台下，为雨为云楚国亡。
惆怅庙前多少柳，春来空斗画眉长。

此诗名为《谒巫山庙》。

韦皋是个胸怀大志的将领，骨子里都是汹涌澎湃的爱国情怀，薛涛在诗中哭襄王、叹楚王，这等眼界绝非一般女子能够达到的。他本以为薛涛不过是一个只知道风花雪月、只会伤春悲秋的小女人，没想到却给了他意外之喜。这让韦皋高看了她一眼。

心有猛虎，细嗅蔷薇。韦皋爱惜薛涛的才华，于是就把她带在身边，常让她处理些琐碎的事情，这让她很高兴。久而久之，韦皋发现薛涛做事认真、一丝不苟，不输给很多男儿，府上上上下下都非常看好这位才女。

于是韦皋突发奇想，向皇上上书，请求让薛涛担任“女校书”一职。虽然朝廷并没有应允韦皋的请求，不过此事传开后，薛涛却得到了“女校书”的称号。这样一个称号是对女子才华的赞美，也是对她的认可，这让薛涛很欢喜，由内而外的欢喜。

三

人出名了，内心可能就会膨胀，被捧得太高，便容易得意忘形。

薛涛到底年轻，不够沉稳，在吹捧、恭维下，也变得心浮气躁起来。她开始接受别人送来的礼，来者不拒，送一个收一个，送一双收一双。她也没想过藏着掖着，所以这事很快就传到了韦皋耳中。韦皋这下是真的怒了，薛涛作为他身边的大红人，她这么做让他很尴尬，于是他大手一挥，把薛涛发配去了松州。

没了韦皋的庇护，薛涛的日子可真是大不如从前。之前人们捧着她、恭维着她，一半是因为她的才华，可更多的是给韦皋面子。松州生活艰苦，日子过得很不顺，薛涛忽然醒悟过来，她知道自己是真的错了，不该仗着韦皋的看重就为所欲为、无所顾忌。

她又开始发挥自己的聪明才智，写了诗给韦皋寄去，希望韦皋见过诗后知道她的悔改之意，能够原谅她的所作所为。她在松州暗暗祈祷着。

韦皋展开信就看到了熟悉的字迹，里面所写的诗被称为《十离诗》，整整十首小诗。薛涛写道："驯扰朱门四五年，毛香足净主人怜；无端咬着亲情客，不得红丝毯上眠。""出入朱门未忍抛，主人常爱语交交。衔泥秽污珊瑚枕，不得梁间更垒巢。"

她是鹦鹉，她是鱼，她是竹子，只希望韦皋能够垂怜。韦皋见到信后被薛涛的字句所打动，他想起了薛涛的温柔，于是就原谅了她曾经犯下的错。古人都说："知错能改，善莫大焉。"他当然要听从古人之言。

于是二十岁的薛涛重新回到了锦官城，并有了自由身，这一次她懂得了谨慎谦虚，再也不敢恃宠而骄，松州的苦让她明白了做人要低调。

四

枇杷花开了又谢，年年复年年，居住在蜀地的薛涛转眼已年过四十岁，皱纹爬上了她的眼角，她的脸上也有了岁月的沟壑。

遇见元稹，掀起了她这一生的惊涛骇浪。他们相遇那一年，元稹才刚过而立之年，正是风华正茂、意气风发的好年纪。

虽然薛涛已经不是十七八岁的小姑娘了，心却还是跳得如小鹿乱撞。说不清是才子、才女特有的"心有灵犀一点通"，还是前世她曾见过这个男人，反正她就是沉浸在这段爱情里无法自拔。她等了这么多年，终于等来了她的风花雪月。

元稹是个多情的才子，年轻时他有过“崔莺莺”，不过这段青涩的恋情并没有结果。赴京赶考中了进士后，元稹娶了高门之女韦丛为妻，两人过上了一段只羡鸳鸯不羡仙的生活。这次他出使蜀地，碰上了薛涛这个久闻大名的才女，故而也乐意接受这段感情。

薛涛写了首《池上双鸟》：

双栖绿池上，朝暮共飞还。

更忙将趋日，同心莲叶间。

碰上了真正喜欢的男子，薛涛大大方方地表白，她就是想和他朝朝暮暮。

两个人过了一段幸福时光，不过元稹的路还很长，他不会因为薛涛就停下自己的脚步，没过多久他就告辞了。

元稹离开薛涛后，其妻韦丛去世，大才子深情地写下了那首著名的诗：“曾经沧海难为水，除却巫山不是云。取次花丛懒回顾，半缘修道半缘君。”

这首悼念亡妻之作真是感人肺腑，读之不禁泪下沾襟。

随后，元稹碰到了唐朝另一大才女——刘采春，转头就将薛涛忘了个彻底，后来又有了安仙嫔、裴淑……当真让人看不懂他对谁的情是真了。只可怜薛涛苦等一年又一年，也等不回来那个多情郎。

五

思之深，情之切。她写了一封信寄给元稹，云中的大雁都记住了她的容貌。

她觉得写信的纸张太大，不够有新意，于是别出心裁，将纸用芙蓉花汁染成桃色，再裁剪成小小一张，在上面写满对元稹的思念。这也就是后来我们所说的“薛涛笺”。

陷入爱情的女人总是会有奇思妙想，就连书信也要做得和别人不一样，来显示出自己的与众不同。她遇上的是解风情的元稹，可是元稹偏偏是个风流公子，再多的深情也被无情恼了。

面对着花开花落，她写道：“那堪花满枝，翻作两相思。玉箸垂朝镜，春风知不知。”岁月蹉跎，花自开自落，她无心再赏，元稹能明白她的相思意吗?

答案无疑是肯定的，元稹明白，但他不再回应。

希望一天天积攒成失望，最后，她彻底绝望了，她知道元稹不会再回来了。他写给她的信上说：“锦江滑腻蛾眉秀，幻出文君与薛涛。言语巧偷鹦鹉舌，文章分得凤凰毛。纷纷辞客多停笔，个个公卿欲梦刀。别后相思隔烟水，菖蒲花发五云高。”他说的是甜言蜜语，却也只是说说而已。

总觉得薛涛在等元稹的那些年，心里应该是像《边城》里的那句话一样：“这个人也许永远不回来了，也许明天回来！”最后元稹真的没再回来，感情是两个人的事情，她没办法勉强，只能自尝相思之苦。

幡然醒悟后，薛涛选择与青灯古佛相伴。锦官城里，穿着青灰色衣裳的她看着院子里开得正好的枇杷花，神情恬静。

人这一生会碰见许多的人，有的人或许对你有知遇之恩，带你走出黑暗；有的人或许是你生活里的匆匆过客，只能陪你一程。若是爱对了人，就好好珍惜；若是不幸爱错了人，也请别害怕，伤心过后，清醒地做自己，像薛涛一样活得自在、活得洒脱便好。

世间安得双全法

鱼玄机

一

从天资聪颖的小才女到放荡堕落的女道士，差的只是一个“焚香出户迎潘岳，不羡牵牛织女家”的距离。

从谁苦谁知道的卑微恋师女到迎来送往多少客的豪放女，差的只是一个“易求无价宝，难得有情郎”的距离。

她是鱼玄机，最初名为鱼幼薇，唐末有名的才女，在那繁华如梦的长安城一直流传着关于她的故事，让听者或叹息或怜悯。

一千多年前的长安城里，有一个小女娃悄悄来到了世上，她的出生没有引起任何波澜，因为她太过平凡。

出身寒微的她，有一个郁郁不得志的父亲。鱼父是当地的一个落魄书生，把所有的心血都倾注在了女儿的教育上。鱼玄机自小就接触诗书，在年复一年的学习下成了一个颇有才华的小女孩儿。鱼父对这个女儿很满意，不过他还没来得及见到鱼玄机名满长安城，就化作一抔黄土长眠地下了。

家中失去了主心骨，日子越发艰难。鱼母靠着洗衣裳赚点儿小钱，日子过得很清贫。年幼的鱼玄机一心只读圣贤书，任它香烟缭绕的平康里[1]有着怎样的欢歌笑语，她都不为所动。

天资过人加上后天的勤勉努力，很快，鱼玄机就在人才济济的长安城出名了。

二

贫穷清苦的鱼家小屋出了个小才女，这着实引起了不小的轰动。某日，一个胡子老长、长相平平的男人敲开了她家残破不堪的大门。这个男人就是唐朝赫赫有名的花间派词人温庭筠。他听说了鱼玄机的才气，想要看看这个小才女是不是名副其实。

眉清目秀的鱼玄机看见这个举止怪异、其貌不扬的男人后很是诧异。温庭筠见她一脸疑惑，马上自报姓名。方才还很平静的鱼玄机不禁惊呼了一声，这是温飞卿[2]啊！大名鼎鼎的温飞卿啊！更让她惊喜的是，这个男人居然还说要收她为徒，她兴奋得都要手舞足蹈了。

不过温庭筠可不是随随便便就收徒的，他以“江边柳”为题要鱼玄机赋诗一首，鱼玄机提笔便写下：

翠色连荒岸，烟姿入远楼。
影铺秋水面，花落钓人头。
根老藏鱼窟，枝低系客舟。
萧萧风雨夜，惊梦复添愁。

这首《赋得江边柳》让温庭筠十分满意，这鱼玄机的才气果然

[1] 平康里，是唐朝长安街坊名，位于长安城北，也称“北里”。
[2] 温庭筠，字飞卿。

名不虚传。

从此，破败不堪的鱼家小屋里多了一位传道授业解惑的老师。温庭筠将自己的所学教给了鱼玄机，将他这几十年的所见所闻悉数告诉了这个一心好学的小姑娘。

爱情的种子就在他教她平平仄仄间萌发了，又在他的嘘寒问暖下生长，鱼玄机终于意识到自己对温庭筠的感情不再只是师生之情，还多了一层男女之情。不过，她并没有惊慌失措，反而平静地接受了自己的感情。在世人眼中，温庭筠奇丑无比，可她并不介意。虽然他很丑，可他很温柔，也很有才，她喜欢的是他丑陋皮囊之下那独一无二的灵魂。

写过“玲珑骰子安红豆，入骨相思知不知”的温庭筠并非不通男女之事，但是男子在情爱上素来迟钝，当他发觉鱼玄机对自己有不正常的感情时已经晚了，她已经陷入其中，无法自拔。

恪守师生之道的温庭筠为阻止这种畸形感情继续发展下去，他选择了及时抽身离开。他想，等她长大了就会明白，她对他的感情不过是仰慕而已。等他们分隔两地后，温庭筠写了首《晚坐寄友人》，鱼玄机也给他写了首《冬夜寄温飞卿》。

鱼玄机之于温庭筠是学生、是好友，唯独不是恋人，而温庭筠之于鱼玄机是年少时的一抹月光，是求而不得、念念不忘的指引者。

三

鱼玄机的一往情深没有引起温庭筠的半点儿应和，年少的她第一次尝到了爱情的苦，这种苦比黄连还略胜一筹。

不过她还没消沉多久，温庭筠就给她介绍了一个男子，名叫李亿。李亿玉树临风，有状元之才，在朝中为官，是个不可多得的好男子。

温庭筠以为给爱徒介绍了一桩好婚事，殊不知，正是这场婚事把鱼玄机推进了深渊。

李亿的温言细语、体贴关怀温暖了鱼玄机冰冷已久的心，她逐渐对他动了心。

她的感情从此会有人回应，不会再被扔在冰冷的角落里。于是，她选择了奋不顾身。爱情来了，她不想再因为莫名其妙的原因而错过。尽管李亿已经有了高门妻子，但她依旧无怨无悔地选择嫁给他，以妾的身份陪在他的身边。

燕尔新婚也确实甜甜蜜蜜,她享受着和李亿在一起的分分秒秒，这种感情远比当初对温庭筠的畸形之恋要深厚得多，可惜李亿也不是她的良人，她又一次爱错了人。

李亿的高门妻子为人泼辣善妒，她对鱼玄机非常不喜，便处处针对鱼玄机。她的目的很简单，就是要将鱼玄机赶出家门，最好能让李亿休了鱼玄机。

虽说古代是“夫为妻纲”，但李亿的妻子家中显赫，能在仕途上对他有所提携，而李亿不敢，也不愿意逆着妻子的意思。在他的世界里，鱼玄机只是一朵绚丽的花，闲暇时赏之、悦之，可一旦触及功名利禄、前程仕途，他当然不会让这朵花影响到自己。

鱼玄机为李亿写过很多诗词，比如《江陵愁望寄子安》《隔汉江寄子安》《寄子安》《春情寄子安》。她说：“易求无价宝，难得有情郎。”她在路上游玩儿，见到春日的景色会迫切地想要同他分享，可他一碰上和前程有关的事就可以瞬间变成无情公子。

李亿让她先去咸宜观待着，等时机成熟后他便来接她。对着含情脉脉的李亿，她又一次选择了相信。不是她太傻、太天真，只是爱得太认真，宁愿自欺欺人，也不愿意相信所托非人。

春华秋实，夏长冬藏，她在等待中绝望。她的飞蛾扑火成了一桩笑料，她明白了男子的承诺有多么可笑。第一次暗恋无疾而终，第二次以为自己遇见了爱情，却惨淡收场。拭去泪水，她开始从鱼幼薇向鱼玄机转变。

四

道馆里檀香袅袅，木鱼声一直没有停歇。彻底堕落的鱼玄机挂了块牌匾在道观门口，写着“鱼玄机诗文待教”。

既然得不到有情郎，那就不如及时行乐，好歹也算来过人世一场。要么在平淡中枯萎，要么在热烈中绽放。

她说：“自能窥宋玉，何必恨王昌。”世上男子何其多，她在道观很寂寞，寂寞横生的她便与那些来来往往的男人共消寂寞。这一次，她不再将所有的感情都放在一个人身上，因为痛苦的感情经历让她认为用情太深只会身心疲惫。

她有许多客，那些慕名而来的男子或是看上她的皮囊，或是欣赏她的才气，他们因为不同的目的而来，不怀好意的、放纵行乐的，她都看在眼里，前来寻她的不乏官宦子弟，她深知这些人不会给她名分，可她已经看开了。

李亿也来看过她，她还喜欢着他，不过他们的感情已经变质了，再也回不到从前。她如今是放荡不羁、豪放轻狂的道观女，而他还是那个芝兰玉树的公子，他们之间天差地别。

络绎不绝的客，她从不拒绝，有了他们相伴，她没那么寂寞了。有一回，鱼玄机外出晚归，见到婢女绿翘忙问：“今日有谁来过？”

绿翘脸色潮红，言辞闪烁，鱼玄机当时就看透了绿翘的小心思。她连连逼问绿翘，绿翘不肯直言还出言讽刺，或许是触及了她不为人知的底线，她失手打死了婢女。

待鱼玄机反应过来时，追悔不已。可是绿翘已死，为了活命，她偷偷将绿翘埋在了院子里。她以为绿翘这样一个小小婢女翻不起多大风浪，谁知正是绿翘之死让她葬送了自己。

有人在院中意外发现了绿翘的尸首，当即报了官。京兆尹温璋亲自过问此案，鱼玄机很快被判斩首。

二十六岁时，她在冷冷的北风中向这个世界告别。

五

她是大唐一朵灿烂开放的花，绮丽妖艳，引人注目。

当她还是鱼幼薇的时候，她单纯、天真，小心翼翼地喜欢着她的老师温庭筠，她不管世人眼光，只图自己高兴。

后来，她碰上了李亿，不在乎名分，飞蛾扑火般地奔向他，燃烧了自己，感动的也只有自己。

待到幡然醒悟后，她不惧流言蜚语，管他什么人言可畏，她只要活得畅快自在。人生得意须尽欢，她堕落、放荡、沉沦，她笑得妩媚张扬，可内心那种无人可依的痛却无人能懂。

她被这个世界辜负，她大胆地选择报复，哪怕自己会痛、会流血，可那一点点的畅快就足够让她高兴一回。

她在爱情的这条路上跌跌撞撞，更在人生的这条路上百般不如意，纵然骂名无数，可谁也抹不掉她是大唐才女的盛名。旧日的传奇做不了假，鱼家小屋里的姑娘在历史上留了名。

东篱把酒黄昏后 有暗香盈袖

李清照

一

1084 年的汴京城热闹而繁华，穿着青灰色布衣的男子买下了一卷书，被人围得水泄不通的楼里有人在眉飞色舞地说着司马光已经完成了《资治通鉴》，城中的酒肆里达官贵人饮得畅快淋漓……

三月的小雨落在了雪白的梨花上，李格非喜得一女，取名为李清照。作为“苏门后四学士”的李格非与祖上曾中过状元的李夫人对这个女儿爱护有加，悉心教养。李清照就是在这样的书香门第中长大的。

少时的她天真烂漫，爱好诗词，喜欢喝酒。有一日，狂风大作，雨也紧随而至，她喝得醉醺醺的，倒在床榻上迷迷糊糊地睡了过去。翌日早起，她连忙问身边的侍女：“外面情况如何？”侍女随意敷衍道：“海棠依旧。”

李清照觉得匪夷所思，风吹雨打后，海棠怎会依旧呢？顿时灵感一现，文思泉涌，她提笔写下：

昨夜雨疏风骤，浓睡不消残酒。

试问卷帘人，却道海棠依旧。

知否，知否？应是绿肥红瘦。

此词一出，李清照声名大噪。但她潇洒自在的生活并没有因为这种出名而有所改变，她依旧天真烂漫，暮色沉沉时在莲花池里迷了路也不气不恼，只是大力划着船桨，惊起了滩上的鸥鹭。

那时的她无忧无虑、自在潇洒，既可以在春光里尽情嬉戏，写下天真活泼的词作，引来汴京城的轰动，也可以借古讽今，谈谈“安史之乱”，引得父亲的同僚拍手称赞。

二

梨花开了又落，李清照一天天长大，出落得越发美丽。

元宵佳节，火树银花，香车花灯，李清照跟着兄长李迥出去玩儿。就在这样一个花灯无数的夜里，她遇上了自己这一生最爱的男人。烟花在空中炸开，照亮了整片天空，也照亮了李清照的心。

“绣面芙蓉一笑开，斜飞宝鸭衬香腮，眼波才动被人猜。”情窦初开的少女是娇羞的，动不动就会羞红了脸，眼波流转间流露出对爱情的执着。这个让她心动的人，是与父亲政见不同的赵挺之家的公子。虽然两个人的父亲分属不同派系，却阻止不了他们对爱情的追求。

那是一个阳光明媚的午后，她荡秋千荡得开心极了，薄裳被汗水打湿，鼻尖也是细细密密的汗珠。忽闻有客至，她披散着头发慌慌张张地想要逃走，可是心又怦怦乱跳，于是装作在嗅青梅的样子，偷偷打量着那个芝兰玉树的男子。

那个男子正是在元宵佳节遇到的赵明诚，她羞答答地写下：“倚门回首，却把青梅嗅。”少女的娇羞和紧张表现得淋漓尽致，她的心就像小鹿乱撞，不知道那个眉眼英俊的男子是不是也和她一样呢？

赵明诚也对她动了心，他对着父亲赵挺之说：“言与司合，安上已脱，芝芙草拔。”

赵挺之是个聪明人，一下就明白了儿子的心思，这孩子是看上词女李清照了呢，还整出个“词女之夫”的谜底来让他这个当父亲的猜。

郎情妾意，这桩婚事在双方父母的商议下愉快地决定了，政见不同的两个男人为了儿女婚事和言细语，完全抛弃了在朝堂上针锋相对的架势。

志趣相投的二人，婚后生活是非常愉快的。赵明诚在太学时，会典当衣物换取喜欢的碑文，再找李清照一起交流探讨。后来，赵明诚仕宦了，两人为了珍藏书画，更是毫不克制地典当衣物。日子虽过得清贫，却是琴瑟和谐。

那时的李清照是满足的，她撒娇地问赵明诚：“是花好看还是人好看？”

料想赵明诚的回答一定是满分，否则李清照也不会轻松地提笔写下：“奴面不如花面好。云鬓斜簪，徒要教郎比并看。”

三

浓情蜜意的日子总是短暂的，朝堂上新旧两党斗争激烈，蔡京得到了宋徽宗的重用。推行改革的新党蔡京对旧党不遗余力地打压，而李清照的父亲是旧党，赵明诚的父亲却是与蔡京一派的新党。

李格非被罢官，李清照请求公公赵挺之施以援手，赵挺之却选择了沉默。面对公公的冷漠，李清照非常愤怒地写下：“炙手可热心可寒。”

然而厄运并未就此停止，正所谓“一山不容二虎”，收拾完旧党一派，蔡京就迫不及待地开始对付同朝为官的赵挺之，赵家遭到了无情的打压和诬陷。灾祸接二连三地到来，公公赵挺之病逝，赵家从空中高楼瞬间跌进了泥潭，李清照夫妇随赵氏一家回了青州。这段时间，两个人的感情逐渐升温，但比起之前甜如蜜糖的生活，又多了一点儿岁月的沉重。

她和赵明诚一起搜集金石、收藏字画，日子过得很清苦，可两个人精神上却前所未有的富足，他们共同商讨完成了《金石录》。

有情人是渴望朝朝暮暮的，赵明诚不在家的日子里，李清照生出了相思，她写下：“花自飘零水自流，一种相思，两处闲愁。”鸿雁传书，传的是她对赵明诚的满腔情意，这种情感在心头挥之不去，眉宇间也沾上了惆怅。

后来，赵明诚有幸重新做上了官，可两个人却要分地而居，前去赴任的赵明诚挥别了李清照。分离的日子愈长，思念就愈重，李清照在一个深秋写下了：“莫道不消魂，帘卷西风，人比黄花瘦。”

收到信笺的赵明诚对妻子的这首词——《醉花阴》佩服得五体投地，但是身为丈夫怎能屈居人下？赵明诚闭门谢客三天，洋洋洒洒写了五十首词，将这些词同李清照的那首一起拿去给好友品评，好友看罢说道：“唯有三句最好。”赵明诚急忙问：“哪三句？”好友答：“莫道不消魂，帘卷西风，人比黄花瘦。”

这一次赵明诚输得心服口服。

李清照在这头写词打发时光，她的词从少女时期的活泼烂漫过渡到少妇的细腻伤感。但在她写词的时候，赵明诚已经在那头养了好几个侍妾，不过对赵明诚来说，那都是不怎么重要的女人。

后来，李清照和赵明诚团聚了，两个人的感情依旧不变，有一回赵明诚新得了白居易墨宝《楞严经册》，便匆匆赶回家和李清照一同鉴赏。唯有她懂他，能够与他志趣相投。

这时候的李清照有相思，有惆怅，有埋怨，也有伤感，赌书泼茶的日子里也有稍纵即逝的欢乐，她一步步成长，学会了接受现实的残酷，变得更加坚强。

四

金军南下，北宋王朝岌岌可危，随后一场“靖康之难”让李清照经历了国破家亡。百姓流离失所，就连繁华如梦的汴京城也被金军占领，她拖着一车的书籍、金石过上了逃亡的生活。昔日的康王赵构建立了南宋，虽还是那个宋，却已经不是故国了。

她写下：“生当作人杰，死亦为鬼雄。至今思项羽，不肯过江东。”遭遇国破家亡，让她有了巾帼不让须眉的大丈夫情怀，她钦佩项羽不肯过江东的气魄，也佩服他上阵杀敌的决心。而她的丈夫赵明诚在国破家亡时表现的懦弱，那是苟且偷生的懦弱。她对此失望至极，可没过多久她就绝望了，因为赵明诚在赴任途中病逝了。

几十年的患难与共，几十个春秋的伉俪情深，如今却只剩下她一个人了。

偏安一隅的南宋王朝对着金军一而再，再而三地投降。李清照在颠沛流离的岁月中遗失了许多书画，那些珍宝金石也被人偷去了不少，她的内心是崩溃的，从前养在深闺的女娇娥，如今已经成了一个形容憔悴的老妪。

此时有一个虚伪的男人进入了李清照的生活，他叫张汝舟。张汝舟想要占有李清照那些颇为值钱的金石字画，于是就娶了她。可经过离乱，那些金石字画已经所剩无几，发现真相的张汝舟对着憔悴的李清照破口大骂。李清照却并不是软弱之人，她搜集了张汝舟徇私舞弊、骗取官职的证据后，迅速去官府告发了他。

被判和离的李清照又开始过上了一个人的孤单生活。一路走来，她不断遭受各种打击，先是家中突变，后是国破家亡，可即便如今皱纹爬上了脸，她也从未被打倒过。比起年轻时的不识愁滋味，如今的她阅历丰富，但看到花树时，还是会不受控制地想起从前。

从前花树香车，从前汴京繁华，从前赌书泼茶，而如今海棠依旧，人却并不如故。这么沉重的愁，船载不动，江水滔滔也带不走。

酒不醉人人自醉，她喝着清酒，独倚在窗边，看着黄花满地，听着雨打芭蕉，写下："梧桐更兼细雨，到黄昏、点点滴滴。这次第，怎一个愁字了得！"

1155 年，奸相秦桧病逝，秦桧是主和派，一直奉行对金的议和政策。国破家亡后，李清照再没有回过繁华阜盛的汴京城。虽然国姓还是赵，此宋却非彼宋了，李清照也在这一年和她分别已久的家人、丈夫团聚去了。她那些无处安放的情绪、无人能懂的惆怅终于可以说给赵明诚听了。

五

与她同时代的地理学家朱彧是这么评价她的："本朝女妇之有文者，李易安为首称。"

明朝杨慎说："宋人中填词，李易安亦称冠绝。"

清朝李调元称赞她："不徒俯视巾帼，直欲压倒须眉。"

她是憔悴又坚强、柔弱又刚毅的李清照，她是被称之为"千古第一才女"的李易安。

少女时的烂漫、少妇时的惆怅、老妪时的悲痛，她这一生经历很丰富。

既有过“琴瑟在御，莫不静好”的恩爱无双，也有过孤身一人、形单影只的落寞惆怅。

既见证过汴京城的繁华如梦、现世安稳，也遭受过国破家亡后的离乱之苦。

既受过诸多褒奖，被人冠以才女之名四处宣扬，也被狭隘之人骂过“晚节不保”。

既有伤春悲秋、多愁善感、凄凄惨惨戚戚的女儿家情怀，又有洒脱不羁、刚毅顽强、疾恶如仇的大丈夫的豪情万丈。

她是大宋朝众多女子里最出彩的那个，她用跌宕起伏的一生向我们诠释了何为巾帼风骨，她是前无古人、后无来者的李清照。

朱淑真

人怜花似旧
花不知人瘦

一

年老的李清照发现遇见的孙家姑娘冰雪聪明，想要将毕生所学都教给这个小姑娘，可这个小姑娘却丝毫不给我们易安居士面子，直言“才藻非女子之事也”。

一代才女李清照听见了这样的话倍感悲伤，偏偏她无力还击，只能独自忧伤。她的才学无人继承发扬，她只能叹气、惆怅。幸好，后来在机缘巧合下，她遇见了朱淑真，一个和她幼时一样天资过人的小姑娘，这个小姑娘对她崇拜已久，一见到她就非常激动。两个人一见如故，虽然隔了几十岁，但因为志趣相同，所以相谈甚欢。

后来，李清照将毕生所学全都教给了她，这个小姑娘也不负李清照所望，成了宋朝时唯一能和李清照媲美的女词人。

这个名叫朱淑真的姑娘继承了李清照婉约清丽的词风，擅长写女儿家的闺阁情趣，将少女的娇憨火热写得淋漓尽致，将嫁作人妇后那种无人应和的不幸写得伤感断肠，将私会情郎时的那种火热大胆写得香艳直白，她用一生写尽了女人的喜怒哀乐。

但是很可惜，她的词作并不如李清照那样影响深远，她始终在自己的女儿家情怀里走不出来，并不如李清照那般刚柔并济，既有“生当作人杰，死亦为鬼雄”的大丈夫豪情，也有“莫道不消魂，帘卷西风，人比黄花瘦”的女儿家愁思。

她的一生也远不如李清照的一生丰富多彩，单调得只有黑白，她没有感受过夫妻心有灵犀一点通的乐趣，也没有感受过只羡鸳鸯不羡仙的恩爱，她的爱情在希望里失望，又在失望里绝望，最后空留一片灰烬。

这个才华横溢的姑娘从时光里慢慢走来，她形容憔悴、愁绪满怀。

二

朱淑真生于宋朝，生长于杏花微雨的江南，她在钱塘江的潮起潮落中慢慢长大，因为家中是做官的，所以她也有幸能读书识字。

她聪慧过人，善音律，通书画，工诗词，也算是当地有名的才女。她年幼时常读李清照的诗词，喜欢那词中的婉约含蓄，也非常崇拜李清照这个人，在她心中，李清照就是她毕生学习的榜样。

她写：“扁舟夜船月明秋，水面鱼游趁闸流。更作娇痴儿女态，笑将竿竹掷丝钩。”其内容明快活泼，有着小女儿家的娇憨，这个时候的朱淑真在杭州城里度过了一段相对愉快的时光。

她又写：“初合双鬟学画眉，未知心事属他谁？待将满抱中秋月，分付萧郎万首诗。”

少女时期的朱淑真对于爱情充满期待，她幻想着能有一个人与她心有灵犀，两人情投意合结为连理枝，然后过着神仙眷侣般的生活。

带着对爱情的期待，她在父母的安排下嫁给了一个小官吏。燕尔新婚时也曾有过短暂的欢愉，后来丈夫出门在外，她寄去了书信，信上无字，只有一堆圈圈点点。她的丈夫后来在书脊中找到了藏着的字："相思欲寄无从寄，画个圈儿替。话在圈儿外，心在圈儿里。单圈儿是我，双圈儿是你。你心中有我，我心中有你。月缺了会圆，月圆了会缺。整圆儿是团圆，半圈儿是别离。我密密加圈，你须密密知我意。还有数不尽的相思情，我一路圈儿圈到底。"直白热烈的相思之意，她的丈夫当即会意，心头顿时暖了几分。

然而，生活的柴米油盐酱醋茶磨灭了琴棋书画诗酒花，她的丈夫在朝夕相处下对她越发不满，她的诗作没有人应和，她那庸俗粗鄙的丈夫完全不能认同她的所思所想，觉得她终日只知道吟风弄月，完全没有半点儿妇人家的样子，一点儿都不贤惠。

话不投机半句多，她对这个庸俗不堪的丈夫感到非常失望，这桩媒妁之言的婚事如同一道枷锁，她愁苦地哀叹："鸥鹭鸳鸯作一池，须知羽翼不相宜。东君不与花为主，何似休生连理枝。"

从前对爱情寄予的希望有多重，现在失望就有多重。赌书泼茶全然没有，风花雪月只在梦中。

三

日子渐长，她和丈夫的感情已经到了覆水难收的境地，她甚至对这个丈夫冷眼相待，对于他沉于声色犬马也不闻不问，他们的感情结了冰，但她并不想打破。

惆怅扑面而来，她的愁绪得不到排解，她满腔的情感全部写进了词作里，用一个个字来表达她的孤独和绝望，生活的枯燥无味惹得她叹息连连。孤独是她一个人的，无人理解。

"独行独坐，独倡独酬还独卧。伫立伤神，无奈轻寒著摸人。"连用五个"独"字，她毫不加掩饰地将自己的孤独写了出来，别人的婚姻是美满的，她的婚姻却让她黯然伤神。

这种煎熬的日子何时是个头啊？活生生地要把人逼疯。后来，他们的夫妻感情走入了陌路，她收拾包袱回了娘家，二人过上了分居的生活。

她终于逃离了那个牢笼，回到了家中，瞬间一切都好了起来。在娘家的日子里，她碰上了另一个让她心动的男子，已经对婚姻绝望的她忽然燃起了新的希望，这一次她大胆而热情。

她已经太久没有感受过爱情的滋味，所以这一次她沉浸其中不能自拔，甚至写出了一系列香艳之词来表达自己的情感。

“但愿暂成人缱绻，不妨常任月朦胧。”元宵节只能短暂地相聚，所以更要珍惜这来之不易的时光，管它月色朦胧，她只要和情郎缠缠绵绵就好，这种一晌贪欢的刺激让她热情直白。

朱淑真和情郎一起携手看西湖的荷花，两人在湖边漫步，风是软的，雨是细的，她是大胆活泼的，她写下：“娇痴不怕人猜，和衣睡倒人怀。”

这种偷来的时光总是短暂的，她的这种私会情郎的行为让父母非常愤怒，简直是有辱家门。那时候程朱理学盛行，说的是“存天理、灭人欲”，女子的贞操比性命还重要，她的行为简直是不知廉耻。

她听着别人对她指指点点的声音和父母对她恨铁不成钢的骂声，只是觉得心越来越冷。

四

婚姻支离破碎，感情招人诟病，她只觉得越来越孤独，这种无人理解的感情一点一点吞噬了她。

少女时代，她也曾天真烂漫过，充满了对爱情的期待，以为会有一个和她“死生契阔，与子成说”的人，现实却是约在黄昏后的人不能光明正大地在一起，一纸婚书绑在一起的人却从不曾理解她。她的满腔情意付之流水，只留下空空的恨。

“宁可抱香枝上老，不随黄叶舞秋风。”她冲破不了封建礼教的束缚，没有办法去争取自己的命运，但是她也绝不妥协，她不愿意碌碌无为地过一生，既然不能得偿所愿，那就随秋风而去吧。

据说，朱淑真郁郁寡欢，还不到五十岁就去世了，也有人说她最后投河自尽。

一代词人带着伤感离开了人世，她的词作被不明事理的父母烧为灰烬。

她的人生无疑是悲剧的，带着满身才气却过了不幸的一生，好不容易有过片刻的欢愉，却也被骂得体无完肤，就连生她、养她的父母也从未理解过她，把她引以为傲的诗作就这样毁了，幸好后人收集起来，汇编成集，是谓《断肠集》。

作为一个女词人，她柔美哀婉的风格让人读之感同身受，不禁怜惜起这个难得活泼的女子，她是那样孤独，又那样彷徨，一直陷于感性之中独自伤神。她的灵魂是孤独无依的，一直漂泊在路上没有停歇。

有时候真不知该感谢命运施加的不幸，还是该怨恨，那些不幸和逆境可以造就一个人，也可以毁了一个人。苦难和不幸会让人爆发出惊人的力量，在某一方面展现出超人的才华，但也让拥有这种力量的人受尽煎熬与折磨。

幸运的是，崇拜李清照的朱淑真没有辜负李清照的期望，她成了宋词中唯一可以和李清照一较高低的女词人，料想李清照也该很欣慰自己没有看错人吧。

只是铺床凉满梧桐月，又听见声声点点有断肠。

愁里光阴脉脉谁知道

沈宜修

一

长河落日的塞北，那里有男人的万丈豪情；杏花微雨的江南，那里有女人的喜怒哀乐。

江南自古出才女。和风细雨，杏花满枝头，穿着袄裙的妇人在房间里拿着毛笔一笔一画地写着：“愁里光阴，脉脉谁知道？”

词中含情、哀怨惆怅，但这种惆怅轻柔、缠绵，淡淡的，仿若江南三月里的春风。嗔怪、哀怨，皆由情而起，由情而生，也唯情而已。这个诉说着惆怅的女子就是大明朝非常有名的才女——沈宜修。

初次听到这个名字就无端被吸引了，料想定是个才华横溢、温柔大方的闺中女子。她会吟哦诗词，工于书画，性情定然谦逊、通达。人如其名，修饰得宜、恰到好处，沈宜修还真是这么个人。

才女从来不是横空出世的，家庭的教养方式、家长的修养都对其有一定的影响，比如东汉才女蔡文姬就有个文学家父亲，东晋时期的谢道韫更是深受谢氏一族家风的熏陶，宋朝女词人李清照有一个被称为“苏门后四学士”的父亲，而沈宜修的祖辈、父辈更是不容小觑。

沈宜修的父亲官至山东副史，伯父沈璟是吴江派的领袖，明朝著名的戏曲家，有着多部流传于世的戏曲作品。沈宜修的胞弟沈自征更是被称为“北曲第一人”。这样一个人才济济的大家族，让人不得不佩服。

但这只才说了一半而已，这位中了“七星彩”的才女一生皆与文学结缘，丈夫是文学家叶绍袁，生的八子五女个个也是才华横溢。长女叶纨纨书法有魏晋风采，次女叶小纨乃戏曲史上第一位有作品流传的女作家，著有杂剧《鸳鸯梦》，三女叶小鸾才情皆备，据说是林黛玉的原型。

比她漂亮的女子没有她有才，比她有才的女子没有她嫁得好，比她嫁得好的女子没有她活得漂亮。中了“七星彩”的沈宜修，人生就像“开挂”了一样，让人不服都不行。

二

杏花春雨里，吴江沈家的沈宜修在修心阁里练字、画画。

出生于书香世家的她没有进过一天学堂，只是跟着兄长们一块念书、写字。家中人才济济，每次她遇到了困惑都能轻松得到解答。

她喜欢读书、写字，父亲也给了她绝对的包容，从来不用那些“女子无才便是德”的庸俗道理来约束她，所以她读得畅快，也学得快乐，书画都自成风格。

与少女时期就颇有名气的李清照相比，沈宜修在少女时期并没有留下什么著名诗作。虽然她并没有像李清照那样“倚门回首，却把青梅嗅”的少女娇羞情愫，但是她和李清照一样嫁给了门当户对的儿郎。

在一个春光烂漫的日子里，沈宜修嫁给了叶绍袁。芝兰玉树的才子与眉目如画的才女，乃门当户对的天作之合，这是一桩再美满不过的婚姻。钱谦益在《列朝诗集小传》中毫不吝啬地褒奖这是“琼枝玉树，交相映带”。

在那个男女婚姻乃媒妁之言、父母之命的年代里，盖头一掀，不管对方是人中龙凤，还是人渣、败类，都只能低头认命。

沈宜修无疑是幸运的，她嫁的这个男子和她一样出身世家，又喜好诗书。她既可以红袖添香，也可以同他赌书泼茶。玉树临风的叶绍袁不像那些不求上进的纨绔子弟，他有考取功名的抱负，而她一直鼓励她、陪伴他，给予他莫大的精神支持。

在古代，许多女子出嫁前皆是巧笑倩兮的妙人，婚后却被折腾得唉声叹气。沈宜修从来就没有这种烦恼，她的诗有叶绍袁迎合，她的情有叶绍袁珍重。唯一的一点儿烦恼是叶绍袁的母亲认为他们夫妻太过恩爱，终日诗词探讨，你来我往的，这般缠缠绵绵恐怕会对叶绍袁的科举之路不利，于是沈宜修便暂时将诗词创作搁置，一心一意支持叶绍袁考取功名。

沈宜修如此宽厚温和，叶绍袁更是觉得委屈了她。他眼界开阔，从来不觉得女子有才是错的，反倒提出了“德也，才也，色也”这样与“男子三不朽”[1]并重的“妇人三不朽”。

她的德、她的才、她的色，都得到了夫君完全的肯定。枕边人是知己、是爱人，是可以谈古论今，又可以为她遮风挡雨的才俊，她是何其幸运！

三

人生如戏，前一秒或许还艳阳高照，后一秒就变成了狂风暴雨，可沈宜修的人生却一直艳阳高照。叶绍袁于天启五年考中了进士，他们的人生便更上了一层楼。天资不凡的叶绍袁不仅学问做得好，为官也是让人非常放心。

待字闺中时不用识愁滋味，嫁人后又有丈夫呵护备至，沈宜修

[1] 指的是立德、立言、立功。

在这样顺风顺水的人生里，性子也是养得通透宽和。她不用经历烽火狼烟的战乱，也不需感受跌宕起伏的人生，她只需关爱丈夫、教导子女、操持家中就可，虽然说不上富贵至极，却是难得的顺畅。

顺畅从来不是一件容易事，纵观历史上众多才女的婚后生活：蔡文姬嫁人三次，还曾背井离乡；李清照中年丧夫，随后凄凄惨惨戚戚；卓文君要靠一首《白头吟》来挽回丈夫的心。与她们相比，沈宜修简直过得舒服至极。这对才子佳人的组合，是琴瑟和谐，是相濡以沫，叶绍袁对她一心一意，从不曾背离。

当然，她也不是一个因为处在优渥环境中就不食人间烟火的小仙女，她珍惜生活给她的馈赠，对叶绍袁也是倾情相待。

有一回，叶绍袁的好友困顿潦倒得都生活不下去了，沈宜修见到这样的境况后，二话不说，将头上的簪子取下来递给了叶绍袁。叶绍袁大为感动，对她说等来日定会买更好的头饰给她，沈宜修浅笑，说道："既已委身于君，又何云报？"

夫妻本是一体，同荣辱、共富贵，哪里来的报与不报，又何须报答？

后来，因魏忠贤把持朝政，叶绍袁不满朝中乌烟瘴气，遂以侍奉母亲为由辞官归隐。归隐后的生活是怡然自得的，晨早起，夜晚眠，两人一同教养子女，看着他们一个个从垂髫孩童长大成人，听着他们从咿咿呀呀到出口成章。

"芍药如含笑，旖旎回廊曲。蔷薇更袅袅，满架纷红玉。景色良悠哉，聊以消尘俗。"她将归隐后的生活徐徐写出。这样的生活真是再畅快不过，山间的清风与桥边娇艳的芍药，一切美好如斯。

四

"阵阵南飞，都是无书雁。薄幸难凭归计远，梨花雨对罗巾伴。"

与表妹张倩倩传书，她是这样写的。

“苔钱羞涩，容姿粉淡，悴丝摇柳，烟褪余香，露流初引，一番还又。”思念丈夫、愁绪满怀时，她是这样诉说的。

她的词作清丽婉约，有着李清照式的含蓄，又带着自己的惆怅感怀。

命运唯一一次让她感觉措手不及的便是幼女、长女的相继离世。从小被她宠爱到大的女儿先她一步长眠于地下，她感伤，她惆怅，这是她平生遭遇过的最大打击，她不禁以泪洗面。遥想当年女儿咿呀学语时，欢声笑语不断，一家人其乐融融，如今月还在、树常青，人却已经不在了。

她写悼亡，写尽自己的感伤：“凄寒切，寸心百折，回肠千结。”心有千千结，千回百转，满目皆是悲伤。

好在，她还有对自己不离不弃的丈夫，还有余下的儿女一起陪伴她、宽慰她，和那些遭受国破家亡、夫离子散的才女相比，她这一生已经足够幸运。

有人说，她的诗词多是女儿家的愁绪，和李清照后期的家国感悟，那种满目疮痍的荒凉感，完全不能相提并论。说沈宜修的眼界是小的，因为她没有遭受过重击，所以没有办法让诗词的创作突破那层局限，上升到一个新的层面。

可她不用经历那些兵荒马乱、饥寒交迫，少女时期有家人宠，婚后有夫君始终如一的呵护，中年时又有几个声名大噪的才女女儿陪伴，老了还有亲人在身边宽慰，死后有丈夫将其词作与子女词作汇编成《午梦堂全集》，她已经足够幸运。她在她生活的格局里，已经写出了最好的状态，留下了感人的词作，这已经让人羡慕不已。

在明朝中了“七星彩”的女子是什么样子，那一定是沈宜修的一生。

冯小青

卿须怜我我怜卿

一

你可知西湖畔不仅有爱憎分明、与白娘子情同姐妹的小青，还有另一个小青姑娘，这位小青姑娘是大明朝的才女，奈何红颜薄命，早早去世，被葬在孤山旁。

这位小青姑娘才华横溢，曾在病中写过一句：“瘦影自临春水照，卿须怜我我怜卿。”仅仅这一句便让人不由得叹息，想象着一个清瘦落寞的女子对影独怜。

雁过留声，如泣如诉，自远方来。

小青姑娘名唤冯小青，生于明朝万历年间，广陵人，名曰玄玄。她天资聪慧，善诗词、懂音律，双亲俱在时，将她养得秀外慧中、温柔贞静。

小青十岁那年，一个老和尚叩开了冯府的大门，那和尚是来化缘的，恰好碰上了小青和她的母亲。老和尚见小青聪慧、温婉，便顺势考了她一下。老和尚念了一遍《观音心经》，小青立马一字不落地背了出来，老和尚大为赞赏，只是这赞赏中流露着担忧。

小青过于早慧，恐怕将来福薄啊。老和尚见小青生得娇俏可人，不忍见这女娃娃将来遭受生活的磨难，于是向小青母亲请求将小青带走做他的弟子，远离尘世，如此方可破除灾难。小青母亲哪里肯听这不知道从哪里冒出来的老和尚的胡言乱语，也就随意应付了下老和尚，便不了了之了。

如果这时候小青出家为尼，与青灯古佛相伴，那她或许就没有后来的悲剧了。可寻常人家的父母又怎会听信来路不明之人的胡说八道，所以，小青依然被父母教养着。谁也没有料到后来会发生那一连串的悲剧，老和尚竟一语成谶，小青真的是福薄。

在《红楼梦》里，林黛玉初进贾府时提起她那病，说是年幼时曾有个赖头和尚叫她别流泪，也别见外祖家的人，林府却没人将之当回事。后来，林黛玉进了贾府，流尽了一生的眼泪。

小青和林黛玉，两个才女都用眼泪道尽了一生的凄凉，何其相似，又何其无辜。

二

最怕过得顺风顺水时，上天忽然给你一个打击。小青在豆蔻年华里遭遇了她人生中的第一个打击，一场突如其来的灾祸，让她变成了孤零零的一个人，幸得杭州冯老爷相助。这冯老爷原本与小青的父亲有些交情，见小青落得如此境地，本着善心就将她接进了府里。

冯老爷对小青照顾有加，但毕竟是寄人篱下，必须懂得谨小慎微，不可出错。人心易变，上一秒可以带你走出沼泽、黑暗，下一秒也可以收回，所以小青在冯府过得小心翼翼。

她失去了双亲，心中悲怆不已，眉间总是有着无处排解的愁绪，那样显而易见。冯公子就是这样走进小青心里的，来得悄无声息。

她是寄人篱下的孤女，形单影只，忽然有一个人对她嘘寒问暖，与她风花雪月，小青是兴奋的、愉快的，在家道中落后她第一次感觉到温暖。这个男人懂她的愁，愿意为她解忧，还愿意纳她为妾。

冯公子已经有了正室夫人，但小青仍然甘之如饴。这个时候的小青陷入了热恋期，她只想和冯公子坠入爱河，两个人光明正大地在一起。

冯老爷允了两人的心愿，可冯公子的夫人却非常不满。冯公子常常同小青待在一起，完全将正室夫人抛之脑后，小冯夫人便怒了、怨了，小青遭到了小冯夫人的排挤和打压，但身为小妾，她只能选择忍气吞声。

与相爱的人不能朝朝暮暮，她又一个人独倚窗前，满心愁绪无处安放。于是小青又提起笔，将那些相思写在纸上：“帘卷帘垂底事难，不情不绪谁能晓。炉烟渐瘦剪声小，又是孤鸿泪悄悄。”

小冯夫人发现小青的诗作后，不禁大怒，一口咬定小青是在暗骂她“善妒”。小冯夫人大吵大闹，非要将小青赶出家门才肯罢休。这里没有宠妾灭妻的故事，最后小青被冯公子安置在了冯家的另一处宅子居住。

雨打芭蕉，感情之事岂能尽如人意，多愁善感的小青连最后一抹温暖也失去了，从此她变得更加沉默。沉默是今晚的雨声、明晚的风声和往后很多个夜里的风雨声。

三

经历过人情冷暖的小青已经心灰意冷，对这个薄待她的人世感到绝望。从前尚且还有冯公子为她解忧，逗她高兴，如今却一无所有，只剩下那几件衣裳和几支簪子相伴。

一池春水，鱼翔浅底，生机无限，小青凝视着池水中自己的倒影，不禁自叹自怜。亲朋不在，无人怜惜，想到半生遭遇，不禁泪流满面。

忆往昔，父母俱在，小青也曾不识愁滋味，只晓吟风弄月。无奈，人有悲欢离合，月有阴晴圆缺。家道中落后，她再无轻松、欢快之感，那寄人篱下之愁、遭正室羞辱之怨，如此种种，都将她压得喘不过气来。

她惆怅，只能借诗消愁，提笔写下："岭上梅花三百树，一时应变杜鹃花。"她叹息，冷夜独听雨声穿林打叶，念着："冷雨幽窗不可听，挑灯闲看《牡丹亭》。"她忧伤，那是满池春水和无处安放的相思，她垂泪写下："人间亦有痴于我，岂独伤心是小青。"

偶然一日兴起，小青请了画师为她作画，画师端其相貌、察其神态后为其画了一幅画。小青看后并不满意，她摇摇头，直言画师只是画出了她的形。画师再接再厉，画了一幅又一幅，终于为她画出一幅神形皆备的画像。小青大为满意，重金酬谢了画师。

她对着自己的画像写道："新妆竟与画图争，知在昭阳第几名？瘦影自临春水照，卿须怜我我怜卿。"画中的人与她孰美？画中之人是她，写诗之人也是她，她却偏要一较高低，因为她的美如今只有自己欣赏，她的忧思也只能自己对着画像诉说。画像里的人就像是另一个她，她对着画中人说自己的悲惨遭遇，说自己的痴心错付，说自己的惆怅悲痛，又为了画中人的遭遇痛苦不已，这像是一种病态，却无端让人生怜。

这一路她一直在失去，失去宠爱她的双亲，失去她幸福美满的家庭，失去冯公子的爱护，最后沦落到只能形影相吊。"愿为一滴杨枝水，洒到人间并蒂莲。"若有来世，她要做一滴杨枝水，不再承受痛苦，也不用遭受离别。

郁郁寡欢的小青还没活到 19 岁就香消玉殒了，病中的她拒绝服药，只饮少许梨汁。对这个世间，她已经没有什么可留恋的了，留下诗作，便撒手人寰。

冯公子听闻小青的死讯，惊讶过后是悲痛，他到底是负了小青啊。小冯夫人恶毒地将小青的诗卷全部烧毁。冯府还是那个冯府，宅子里的蜡梅依旧，夜深了，依旧会有风雨声，但是再也见不到那个形容憔悴、眉尖若蹙的女子倚在窗边看月光了。

四

小青流尽了一生的眼泪，到头来却只能孤芳自赏。

她遭受挫折、打击时，一直低着头自怨自艾，从未想过坚强面对。眼泪虽流得畅快，却完全毫无用处。

冯公子向她伸出了手，她便把所有的希望都寄托在他身上，盼望着这个男人能够疼爱她一生一世。等她被送去别院希望落空时，她开始生无可恋。

没人可以救赎她，她也没想过自我救赎，所以便一步步走向病态，一点一点靠近死亡。

她悲观地看待自己的人生，消极地放弃生命，她以为那是救赎、是解脱，其实不过是自我逃避。从这个世界逃到那个世界，继续蜷缩，等着一个青衫公子来拉她一把。她不知道在这个世界里最强大的人就是自己，当一切都成了泡影，万念俱灰时，更应该自救，应该鼓起勇气、坚定信念，在烈火中重生，就像凤凰一样涅槃重生。可她完全没想过这种可能。

冯小青的一生可悲又可怜。如今草色又青青，有声如怨如慕，如泣如诉。

千山暮雪 只影向谁去

薛素素

一

在古代，一个蛾眉曼睩的女子如果琴棋书画样样皆通，及笄之后，提亲的人能从城南排到城北。

对于女子来说，能够善琴、通棋、精书、会画，无疑是加分项，要是还能吟哦几句颇有水平的诗，那立马会声名远播，“才女”名号更会传遍大街小巷。

古往今来，这样的才女并不多。毕竟，才女的养成并不是一件容易事，既需要得天独厚的环境熏陶，还需要自身坚持不懈的努力，有的时候还需要那么一点儿天赋。

在古代，一个女子会琴棋书画并不稀奇，会骑马射箭也不会让人惊讶万分，但是将这些加在一起，这就有点儿意思了。大明朝就有这么一个女子，她诗、书、画、琴、箫、弈、绣，无所不能，马术、走索、射弹，样样精通。她被称之为“十能才女”，这十样本事便是男子也没有办法样样精通，更何况一个闺阁女子。

她的才女名号不是子虚乌有，更不是添油加醋的夸张。于诗上她有《南游草》，于画上更是技艺超群，她善画山水、人物，现如今北京故宫博物院里还有她画的《兰竹松梅图》《兰石图》，南京博物院里有她画的《吹箫仕女图》，即使隔了一个太平洋的美国某博物馆里也有她的名画。她还能写一手端正秀丽的小楷，弹唱起来也是让人沉醉其中，更值得一提的是她骑马射箭的本事，简直毫不输给当时的男子。这样一个样样皆通的女子在当时声名远播，爱慕她的男子不胜枚举。

这样一个闪闪发光的女子却偏偏有个平淡无奇的名字——她姓薛，名素素。取名的人应是希望她一生平平淡淡、安安稳稳，可惜事与愿违，她这一生曲折离奇，还和小说《红楼梦》沾了点儿边。

二

薛素素出生于姑苏城，应该是在家中排行第五，所以也叫薛五，不过更为出名的是她的小字——润娘。

在山水养人的姑苏城，薛素素学会了做绣活、弹琴、画画、作诗、下棋、骑马等技艺，她在这些事情上仿佛有特殊的天赋，不仅学得快，还学得好。

她写了一篇齐整端正的小楷《黄庭经》，在当时着实震惊了不少人。善画兰竹的她画了不少名作，如今收藏在各大博物馆里，就连著名文艺批评家胡应麟也在《甲乙剩言》里毫不吝啬地褒奖："虽名画好手，不能过也。"

她的诗作是这样写的："香尝花下酒，翠掩竹间扉。独自看鸥鸟，悠然无是非。"诗中有画，画中有诗，不同于花间词派的旖旎婉转，却别有一番意境，字里行间看得出笔力不俗。

这样一个女子在想象中应该是足不出户的娇娇女，但她偏偏在男子精通的骑马、射箭上也叫人不敢小觑，倒是有几分古代江湖侠女的味道。她擅长骑马挟弹，连发两弹时，后弹能击中前弹。“又置弹于地，以左手持弓向后，右手从背上反引其弓以击地下之弹，百不失一。”这种高超的技能用“百步穿杨”来形容毫不为过。

她自带一股豪情，还颇能喝酒，喝得畅快淋漓之时还不忘展示她的善弹本领。她将弹放在侍女的发髻间，在侍女紧张的神色下，毫无偏差地射中。

这样一个女子算得上“能文能武”，文可做出淡泊宁静之作，武可骑马与男儿在围场相较量。这种难再得的佳人，让不少青年才俊倾慕，薛素素也在当地声名鹊起。

三

才子佳人是古往今来绝对的良配，身为才女的薛素素不仅吸引了一众芝兰玉树的公子，还让一位英勇刚强的将军为之倾倒。

薛素素曾同一位姓李的将军有段短暂的欢愉，她的诗情画意和爽朗大方让这位征战沙场的李将军非常动心。李将军赴蛮峒期间，还带着她的画像，好睹物思人，以解相思。

渐渐地，她的名声传开了，一位姓彭的宣慰听说了她的美貌、她的才气后，非常想将这样的美人占为己有。经过一番计划，那位狡诈的彭宣慰派了个姓冯的“谋士”将素素骗了过来，素素到了那里后才发现自己上当受骗了。对于彭宣慰的示好，薛素素毫不犹豫地拒绝了。得不到美人心的彭宣慰仍旧不肯善罢甘休，他将薛素素强硬地留在了那里，这一留就是十年。

这十年里，素素没有消极懈怠、伤春悲秋，她是个坚强爽朗的人，这些风风雨雨根本不算什么。她用这十年写诗作画，过着平平淡淡的生活，并不因为被禁锢了自由而自暴自弃。

十年后归来，素素依旧光彩照人，青年才俊们仍旧乐此不疲地追求她。在众多男子里，她选择了沈德符。这个男人有钱也有才，酷爱读书，喜好书画，对她也算得上不错。

素素嫁给这个志同道合的人算是幸运的，漂泊过后，沈才子给了她想要的现世安稳。

但是谁的记忆的梗上没有两三朵娉婷的花呢，素素也有扑朔迷离的情事。

四

传说，素素和那王穉登也有过一段情。这王穉登也是个大才子，年少成名，十岁就能写诗，还和素素出生在一地，都是姑苏人。

才子是浪漫的，这种浪漫是将喜欢的女子名字镶嵌在诗里，用最直白也最含蓄的方式来表达自己的一腔热情。

相传砚匠吴万有制作了一方端砚，这方端砚玲珑剔透、娇小细腻，里面还带着点儿胭脂晕，王穉登一下子就看上了这方端砚，想要送给素素。

吴万有按照王穉登的要求将他即兴所作的“调研浮清影，咀毫玉露滋。芳心在一点，余润拂兰芝”刻在砚底。薛素素见到这方端砚非常开心，因为那首诗中暗含她的小字“润娘”。王穉登没有白费心思，这方脂砚博得了素素一笑。

虽然，才子与才女的故事没有了后续，这方脂砚却留存了下来。

薛素素死后，脂砚传到了其后人手中。清康熙年间，有人打听到天子宠臣曹寅喜欢收藏古董，就费了很多心思从薛素素的后人手中买下了这方脂砚送给了曹寅。

那时候曹家还是高门大户，后来家道中落。曹雪芹批阅十载作《石头记》，脂砚斋评《石头记》，被称为“脂评”，而那方脂砚就是被脂砚斋其人所得。关于脂砚斋是谁，众说纷纭，有人说是曹雪芹本人，有人说是曹家兄弟。

这方被薛素素用来调过胭脂的脂砚就这样和《石头记》有了一层联系。至于薛素素本人，据说她晚年吃斋念佛，向着青灯古佛度此余生，来去再无牵挂。

五

才女是难得一遇的，“十能才女”更是难得一见。薛素素用她的“样样精通”告诉世人，女子绝不输男儿。她的能文能武、能柔能刚在那个时代就像一颗闪亮的星星，让人完全移不开眼。

她明明可以做一个娇滴滴的女人，却偏偏骑马射箭样样要学，还学得漂亮。在那最苦的十年里，她不怨天尤人，还苦中作乐，留下诗集和画作，认真坚强地面对明天的生活。

比你有天赋的人还比你努力，这样的薛素素实在是太过惹人怜爱。

纵然有着流言蜚语，说她和名妓顺秀玉产生了同性之爱；纵然有人戏谑她和不少才子牵扯不清，还惹出了三角恋的笑料，但她始终乐观积极，带着一颗平和淡泊的心活出了自己想要的样子，哪怕有风雨，也永葆初心，一直勇敢直前。

做才女，能做到薛素素这个份儿上，应该是前无古人，后无来者了吧。

帝女篇

人面不知何处去 桃花依旧笑春风

夏姬

一

命犯桃花于女子来说是件喜事，这说明此女有魅力，可若桃花泛滥成灾，却是个祸患。

在烽火连天、你方唱罢我登场的春秋时期，有位美人桃花运旺得拦都拦不住，她是夏姬，春秋四大美人之一。

桃花朵朵开，今年更胜去年红。她的一生都与桃花分不开，桃花多得数不胜数，其中有九朵最耀眼，轰轰烈烈地开，轰轰烈烈地死。

很多男人都为她着迷，逐鹿中原的君王、不可一世的大臣一见到她，就会无法自拔地爱上她。他们明明知道她是个“不祥之人”，可还是愿意试上一试，觉得人生能够得此美人，才算得上没白来一回。可爱上她却是如含笑饮砒霜，流着泪说这感情太美。

她的美毋庸置疑，那是胜过阳春三月的桃花，微风拂过，花香四溢，她嫣然一笑，整个桃林便黯然失色，她的一颦一笑都让人沉醉。

她那一笑，明媚张扬，瞬间让人相信了“美目盼兮，巧笑倩兮”绝不只是说说而已。她的笑不带一点儿攻击性，温柔得像三月里的春风，可如此不带攻击性的笑却总会意外带来惊涛骇浪。

红颜祸水，那些是是非非与她或多或少都有些关系。

二

夏姬生于春秋时期，父亲是郑穆公。贵为公主，她的童年那是相当无忧无虑。

活泼可爱的夏姬在郑国宫殿里长大，她美丽高贵、单纯率真。待字闺中的她没见过多少男人，在朝夕相处下，她竟意外地爱上了自己同父异母的哥哥——公子蛮。

她大胆地看着公子蛮，毫不掩饰对他的感情，公子蛮无法抵挡她的热情，两人双双坠入爱河。

在郑国的宫殿里，他们小心翼翼地私会，每一次相见，夏姬都兴奋不已。然而好景不长，三年后，公子蛮死了，夏姬十分震惊，可她还来不及伤悲，郑穆公便将她嫁给了陈国大夫夏御叔。

夏姬顺从地接受了父亲的安排，远离故乡，去了遥远的陈国。夏御叔对她不错，小两口儿极为恩爱，不久，夏姬为他生下了儿子夏徵舒。

相夫教子的安稳生活对她来说就是天方夜谭，她这一生注定与桃花相生相伴。夏徵舒长到十二岁时，夏御叔就去世了，夏姬痛哭不已。

时光待她格外温柔，十几年过去了，夏姬依旧容貌不减，光彩照人。夏御叔死后，孔宁最先打动了夏姬，夏姬立马投入了他的怀抱，还将贴身的锦裆送给了孔宁。得了美人信任的孔宁很是得意，拿着锦裆跑去同样钦慕夏姬已久的仪行父那里炫耀，仪行父非常嫉妒孔宁，他也心有不甘地跑去找夏姬。

不知怎的，夏姬又喜欢上了仪行父。感情是不分先来后到的，在与仪行父在一起的日子里，夏姬将孔宁抛到了九霄云外，她解下碧罗襦送给了仪行父。

仪行父当然要将这件事拿到孔宁那里说道说道。孔宁看不惯仪行父的“耀武扬威”，他要报复！在这陈国，陈灵公最大，只要把夏姬献给陈灵公，仪行父还不是要低头认输。

孔宁凭借三寸不烂之舌将夏姬夸得天花乱坠，总结起来就是一句话：此女只应天上有，人间哪得几回闻！陈灵公果然心动，一番筹划后，顺利抱得美人归。

三

夏姬的美，迷得陈灵公找不着北。正所谓，爱屋及乌，夏姬深得陈灵公宠爱，为了博美人欢心，陈灵公让夏姬与夏御叔之子夏徵舒执掌兵权，承袭夏御叔之官职。

某日，陈灵公、孔宁、仪行父同在一处，三人都夸夸其谈地分享与夏姬在一起的事，他们说得兴高采烈，毫不避讳在场的夏徵舒。

是可忍，孰不可忍，夏徵舒听着那些污言秽语，不禁怒发冲冠。冲动之下，他杀死了陈灵公，孔宁、仪行父吓得连忙逃走了。

孔宁、仪行父二人不敢在陈国多待一刻，他们火速逃去了楚国，告诉楚庄王，那夏徵舒胆大包天，竟然杀死了陈灵公，楚庄王决定发兵。

楚国兵强马壮，陈国不敢不从，年轻气盛的夏徵舒被判车裂，夏姬吓得花容失色。可她不敢反抗，她在这世上不过是只蝼蚁，只能顺从，只能不断接受。

楚庄王见到美貌如花的夏姬不禁也动了心，他想要夏姬做他的女人，他刚跟臣子提出了这个想法，大夫屈巫就站出来反对。

屈巫义正词严地说，夏姬是个祸害，如果留在君王身边必会不祥！楚庄王立马打消了这个念头，对他来说权势、天下才是最重要的，夏姬这样的美人不过是锦上添花而已，绝不能因为美人就乱了他的大计。于是，夏姬被楚庄王赏赐给连尹襄老，连尹襄老却是个福薄的，还没与夏姬恩爱几年就死了。这时，连尹襄老的儿子对夏姬起了不该有的心思。

夏姬本来就人微言轻，也没什么决定权，她这时也不知该怎么办了。正当她发愁时，大夫屈巫居然给她传来书信，说是愿意娶她。

大夫屈巫，就是那个言之凿凿地劝楚庄王千万不要纳夏姬的屈巫。谁也没想到，他钦慕夏姬许久，真是人算不如天算，楚庄王都被他诓了一把。

夏姬按照屈巫的计划请求楚庄王让她回郑国，楚庄王答应了她的请求，夏姬顺利地回到她阔别多年的郑国。

四

站在郑国城楼上，夏姬感慨万千，郑国还是那个郑国，她却不再是那个不识愁滋味的少女了。

屈巫说让她等他，夏姬不知道他会不会来，不过她也没有别的选择。

好在，屈巫没有让她失望。不久，屈巫请求出使齐国，楚庄王准备了贵重的礼物要献给齐国。屈巫却带着大量的礼物去了郑国，找到了夏姬，带着她一起跑去了晋国。

晋国国君久闻屈巫大名，见到这样的人才来投奔自己，自然是重重有赏。晋国国君封屈巫为邢大夫，夏姬也顺理成章地被封为了夫人。

夏姬望着站在她身边的屈巫，露出了难得一见的笑容。但愿，她的人生再无波折，但愿可以这样顺遂安稳下去吧，她已经老了，实在经不起折腾了。

楚庄王得知消息后不禁大怒，他想起许多年前屈巫的那番言辞，更是怒不可遏。原来屈巫都是骗他的，说得那么冠冕堂皇，什么祸水，什么不祥之人，原来都是在为自个儿谋福呢！他居然被一个大臣摆了一道！楚庄王很生气，立马灭了屈巫一族。

至此，夏姬的人生再无变故，她一直陪着屈巫到老。而屈巫也许是对楚庄王诛杀他家族之事耿耿于怀，他对晋国国君忠心耿耿，为了让晋国强大，他想尽了办法。

夏姬一生的桃花终于开完了，她也找到了最灿烂的那朵，把它留在了身边。从十多岁起，她的人生就一直不太安稳，她身边的男人来了又走，谁真的珍惜她，谁是利用她，她看得一清二楚，可她也没有别的选择。最后的最后，屈巫给了她期待很久的现世安稳。

明明是公主，却过得完全不像是公主的一生，幸好最后她还是找到了自己的幸福。

五

《左传》里是这么评价夏姬的："杀三夫、一君、一子，而亡一国、两卿。"

"红颜祸水"这个词就像是为她量身定做的，那些男人都直接或间接因她而死。

她不费一兵一卒，就有胜过千军万马的威力，君亡国灭，统统跟她脱不了干系。

作为一个公主，夏姬过得随心随性，从不拘束自己。她就像一株蒲公英，风吹到哪里，就能在哪里落地生根。

讥笑也好，骂名也罢，她根本就不在乎，别人的评价与她无关，她只管自己过得好不好。

这样一个女人是任性的，在她身边的人可能一不小心就会遭殃。讨厌她的人恨不得她立马消失，喜欢她的人却是爱极了她的脾气。她的任性在男人眼里可爱至极，男人们愿意为她放弃名利，只是图一场轰轰烈烈。

她的聪明、任性让她在经历起起伏伏后，仍得到了一个好归宿，却也让她落得骂名无数。《诗经》《左传》《列女传》都讽刺她，认为她是个祸国殃民的妖女。她得到了一时的幸福，却失去了永生永世的安宁。

任性是要有度的，否则害人害己不说，还会落得千夫所指。没有人不期待流芳百世，不知道夏姬若是知晓自己的骂名是这般，还会不会一而再，再而三地任性？

一寸丹心图报国　两行清泪为思亲
许穆夫人

一

“天下兴亡，匹夫有责。”爱国自古以来就是一个永恒的话题，这是一个足以让人热泪盈眶的话题。

说到爱国诗人，总是绕不开屈原、杜甫、陆游、文天祥等人，这些男子将满腔的爱国情写进了诗里，一心只为报国，纵然九死也不后悔，他们字字句句都是血泪，只言片语都是慷慨激昂，那是看得见、听得到的忧国忧民，他们宛如星辰，光辉耀眼。

在如此灿若星辰的历史天空里，有位巾帼不让须眉的女子，她用一生诠释了“爱国”两个字。她的爱国之情一点儿也不比男子少，且不只是说说而已，而是付诸行动，努力做到。

她是我国历史上第一位爱国女诗人，《诗经》中收录了她的爱国之作。

她是春秋时期卫国的公主，金枝玉叶，地位尊贵，身世显赫。

她是倾城倾国的绝代佳人，名满天下，许、齐二国都曾求娶过她。

她的一生都与卫国紧紧联系在一起，她为了卫国忧心忡忡、出谋划策，谁也阻挡不了她爱国的脚步。

她是许穆夫人，春秋时期一个名动天下的女子。

二

许穆夫人出生于卫国都城朝歌，姓姬。这个姓氏可不一般，在那时姓姬的人都非富即贵。

她的父亲是卫昭伯公子顽，母亲是春秋时期有名的美女宣姜，作为卫国的公主她从小就过着锦衣玉食的生活。

与别的公主无忧无虑的少女时光不一样，她很早就开始忧国忧民，小小年纪的她思考的是怎样让卫国这样一个小国在众多诸侯国里崛起，如何才能让卫国变得兵强马壮。

这种早慧大概与她的出身有关，虽说她是公主，可她的身世追究起来还真是乱。她的母亲宣姜本是齐国公主，许配的是卫国公子伋，可卫宣公插了一脚，将宣姜由儿媳妇变成了媳妇，手无缚鸡之力的宣姜只能强颜欢笑地接受了这无力改变的现实。卫宣公死后，其子公子朔继位，即卫惠公。这时，宣姜的哥哥齐襄公认为应该让宣姜继续完成与公子伋的婚约，但那时公子伋已死，就应该由他的兄弟来完成。就这样，公子顽作为公子伋的一母同胞之弟，就被迫娶了宣姜。宣姜后来就生下了女儿许穆夫人。

从小就看到母亲闷闷不乐的许穆夫人自然而然也变得十分敏感。那时的女子地位低下，就算是公主也有很多身不由己，她明白只有卫国强大了，她才不会重蹈母亲的覆辙。

渐渐地，她长大了，出落成了一个亭亭玉立的大美女。长大是一边感受着世界给你的善意，也一边承受着岁月的无情。那时，她的父亲卫昭伯已经去世了，卫惠公也死了，由其子公子赤继位，即卫懿公。她与卫懿公还真是不知道该怎么互相称呼好。

这卫懿公是宣姜的孙子，从母亲这边来看，她是卫懿公的姑姑，可从父亲那边来看，她又成了卫懿公的妹妹，当真是尴尬！

转眼到了议亲的年纪，许、齐两国都派使者前来求娶她。她自己想嫁去齐国，因为齐国强大，若是同齐国交好，齐国自然会襄助卫国。有了强齐的支持，卫国鼎盛指日可待。而许国是个小国，也没听说有什么能人，她并不看好。

但卫懿公才不管这些大道理呢，他只看钱，许国给的礼金多，他立马决定将许穆夫人嫁去许国。许穆夫人知道这个结果后，只能接受，卫国到底是卫懿公最大，她没有说“不”的权利。

三

嫁给许穆公后，她常常思念卫国，两国相隔甚远，亲人相见遥遥无期。

童年与哥哥们玩耍的情景历历在目，母亲对她嘘寒问暖的神情，她怎么也忘不掉，不禁忧从中来，她写下一首《竹竿》：

籊籊竹竿，以钓于淇。岂不尔思？远莫致之。
泉源在左，淇水在右。女子有行，远兄弟父母。
淇水在右，泉源在左。巧笑之瑳，佩玉之傩。
淇水滺滺，桧楫松舟。驾言出游，以写我忧。

淇水汤汤，她好想横渡那淇水，回到卫国，呼吸卫国的空气，闻着卫国的花香，扑进母亲的怀里，大喊一声：“女儿回来了！”可只能想想而已，嫁出去的女儿泼出去的水，她想回一次娘家，太难了。

许国给不了她想要的安稳，她一次次听着婢女说着卫国的消息，听一次心就痛一次，她好想自己的家，可她却有家不能回，悲伤之下，她又写下一首《泉水》。

她在许国思念故乡，卫懿公在卫国却将国家治理得乱七八糟。卫懿公贪图享乐，是个不折不扣的昏君。他养着无数的鹤，还突发奇想地将鹤封为将军，并且向百姓征收一种名叫“鹤捐”的税。这种荒诞的行径，让本就不强大的卫国更加羸弱。

公元前660年北方狄族侵卫，卫国将士无心为卫懿公卖命，不久，卫国国破，卫懿公兵败被杀。许穆夫人在许国听到这个消息后，不禁悲痛欲绝。她是卫国人，现在卫国有难，她作为卫国公主一定要为国效力！

她请求丈夫许穆公派兵援卫，可许穆公害怕惹祸上身，当即摆手表示不干。许穆夫人没有办法，只好亲自带着人奔赴漕邑，她将物资给了哥哥卫戴公，二人一同商量着复国大计。

但她还没在漕邑待多久，许国就派人来要接她回去，许穆夫人摇头坚定地拒绝了。卫国有难，许穆公可以做到事不关己，高高挂起，她可做不到，她要帮助哥哥复国。

世事瞬息万变，卫戴公忽然去世，许穆夫人的另一位哥哥公子毁继位，称之为卫文公。许穆夫人又继续帮助她的这位哥哥。

北风呼呼作响，吹得他们斗志昂扬！

四

国家有难，每个人都不能置身事外。许穆夫人写了首诗以抒发她的爱国之情：“……我行其野，芃芃其麦。控于大邦，谁因谁极？大夫君子，无我有尤。百尔所思，不如我所之。”这首《载驰》后来被收录进《诗经》。

许国一而再，再而三地阻拦她，他们指责她、痛斥她，那些人又哪里懂她的痛呢？那是她的卫国啊，那些贪生怕死的小人怎会懂得她的伤悲？他们对她说“嫁出去的女儿泼出去的水”，这让她生怒。她生是卫国公主，那么一生便都是卫国人！

春秋五霸之首的齐桓公听到卫国国灭的消息后，久久不语，他曾求娶过许穆夫人，奈何卫国没答应。许穆夫人之事他也听闻了，那个女子真的很不一般，他当年的眼光不错。不久，他决定支持卫文公复国，他派兵前往卫国，襄助卫文公。许国看到齐国都出兵了，再置之不理肯定是不仁了，于是就赶紧派兵前去支援卫文公，宋国等国也纷纷派兵援助卫国，最后卫国成功复国。

卫国能复国离不开齐桓公的帮助，更是离不开许穆夫人的精心筹划。

作为一个公主，她不仅享受了公主的尊贵荣华，还承担起了公主的责任。这些责任她本可以不担，可她却劳心劳力地为卫国打算，哪怕嫁作他人妇，她也从没忘记过一天她的国，只要卫国有难，她便毫不犹豫地回去。若是身为男子，她定然会拿起刀枪上阵杀敌，赶走那些侵占卫国国土的人。

在她心中，不管是出嫁前，还是出嫁后，只要她活着，她就是卫国人。卫国强盛，她就高兴；卫国衰弱，她就心痛。她是女子，很多事情都无法自己做主，比如婚姻；但爱国这件事，谁也阻止不了她，谁也没办法阻止她。她的眼里常含泪水，那都是为了卫国。

她也许不算是个严格意义上的好妻子，没能践行出嫁从夫的习俗，安安分分地相夫教子。她这一生没有什么精彩丰富的履历，唯一做的一件大事便是爱国，这件事她一做就是一辈子，这件事让她名垂千古，让她成为我们永远都无法忘记的爱国女诗人。

在爱国这件事上，不分男女，不分老少，不论贵贱，无论贫富。像许穆夫人一样吧，永远爱国，永远谨记“天下兴亡，匹夫有责”。

馆陶公主

梦后楼台高锁

酒醒帘幕低垂

一

在古代有太多出名的公主，例如于国家有功的文成公主、金城公主，贪恋权势的太平公主、安乐公主，命途多舛的临海公主、宋徽宗的众女儿，下场凄凉的卫长公主、高阳公主，以及臭名昭著的山阴公主。

这些公主都出身显赫，衣食无忧，命运却各有各的不同。有的流芳百世，受人尊敬；有的毁誉参半，难说好坏；有的臭名昭著，骂声不断。历史长河里，有数不清的公主在她们的时代纵情放歌，或悲歌一曲，凄凄惨惨；或欢歌一曲，手舞足蹈。

汉朝，是一曲清歌，歌声中你看得到“文景之治”的繁华，看得到金戈铁马的英勇将军，也看得到渐渐走下坡路的颓圮。

汉朝的公主虽不及唐朝的公主可以自由地参与朝政，时不时地就影响一下局势发展，但是汉朝的公主同样不容小觑，故事得从汉朝第一位长公主馆陶公主说起。

说起馆陶公主，可能有人不知道，但一提起她的女儿、女婿，那便是无人不知、无人不晓了，她的女儿是“金屋藏娇”的陈阿娇，女婿是赫赫有名的汉武帝刘彻。她的父亲是开创“文景之治”的汉文帝刘恒，母亲是从平民逆袭成皇后的窦漪房，弟弟是宽仁大度的汉景帝刘启。

这样尊贵的身世，是世间少有的，她这一生都离不开荣华富贵。她历经三皇，荣华不断。她那漫长的一生，也是一段传奇。

二

馆陶公主出生时，汉文帝刘恒还没有当上皇帝，那时候的汉文帝刘恒还在封地当代王，他为女儿取名刘嫖。

在父亲的疼爱下、母亲的关心下，馆陶公主度过了一段无忧无虑的童年。公元前 180 年，喜从天降，刘恒意外当上了皇帝，窦漪房成了当朝皇后，弟弟刘启成了太子，她被封为公主，封地是馆陶，由此被称为馆陶公主。

好运来得太忽然，一时间她看着宫中的奇珍异宝还真有点儿不习惯，皇宫气势恢宏、富丽堂皇，来来往往的宫人都恭恭敬敬地称呼她为公主，小小的馆陶乐晕了。

女儿家长大了，自然是要出嫁的。作为汉文帝与窦皇后最宠爱的女儿，馆陶公主嫁给了堂邑侯陈午，出嫁后她经常回宫里陪伴母后，替母后捶捶背或是跟母后说说笑话。

汉文帝去世后，她的弟弟刘启继位。馆陶公主会不时给弟弟刘启献些美女。她知道刘启喜欢什么样的美人，每次她送过去的美人总能得到刘启的喜欢。不过在众多妃嫔中，刘启十分宠爱栗姬，还封了栗姬的儿子刘荣为太子。

馆陶公主见家中女儿陈阿娇与刘荣年纪相仿，不禁动了一个念头：等太子当上了皇帝，那她就是皇帝的姑母，荣华富贵自然少不了，可这还不够，如果她的阿娇能够当上下一任皇后，那她就是下一任皇帝的岳母，那才是真正的好！到那时候，这天下还有几个人比得过她呢？

馆陶公主是个行动派，念头一旦生出，就想立马付诸行动。她忙去宫里找得宠的栗姬，暗示栗姬让太子刘荣娶她家阿娇。栗姬非常看不惯馆陶公主，这个公主尽喜欢献些美女给刘启，那些美女分走了刘启对她的宠爱，她看见馆陶公主就来气，还想让自己的宝贝儿子娶陈阿娇，休想！

栗姬毫不犹豫地拒绝了馆陶公主，馆陶公主面子被拂，非常愤怒。栗姬居然敢瞧不上她的阿娇，真是给脸不要脸！走着瞧！

三

馆陶公主回府后，仔细想了想这事，既然栗姬不愿意娶她家阿娇，那就换个人好了。

某日，馆陶公主带着女儿陈阿娇去宫中看窦太后，恰好王夫人与其子刘彻也在，馆陶公主瞧着那孩子聪明伶俐，很不错。于是，她喊了刘彻过来，试探地问刘彻，想不想娶媳妇，还指了周围一堆宫女给刘彻看，刘彻都摇摇头，最后馆陶公主指了指怀里的女儿陈阿娇，刘彻高兴地说："若是能够娶到阿娇，我一定造个金房子给她住。"

馆陶公主满意地笑了笑，刘彻果然聪明，王夫人也比那个嚣张跋扈的栗姬会教儿子，她会让女儿陈阿娇当上皇后的，刘彻的福分在后头。

打定主意后，馆陶公主开始有意无意地向弟弟刘启说起栗姬的坏话，今天说栗姬太过骄纵，明日说栗姬这人在背后乱诅咒人，听多了，刘启对栗姬自然就不满了。某次，刘启生了场病，他故意试探栗姬，说等他死后，她可一定要好好照顾他的儿子们，栗姬听了非常不满，刘启和别人生的儿子，为什么要她照顾，凭什么要照顾，不收拾他们就算不错了。

可能是平时骄纵惯了，一下子没注意场合，栗姬居然对着刘启也口出狂言起来，这可气坏了刘启，他虽然仁厚大方，但也是有脾气的。此事过后，刘启对栗姬就更加不满了。

馆陶公主见事情都朝着她希望的方向发展，十分愉快。之后，她时不时地就进宫跟刘启夸夸刘彻，偶尔也夸夸王夫人低调贤惠识大体，刘启对姐姐素来敬重，馆陶公主的话他都记在了心里。

不久，刘启废刘荣太子之位，封王夫人为皇后，其子刘彻为太子。一切尽在馆陶公主的掌控之中。

四

公元前 141 年，刘彻登基为帝，封陈阿娇为后，馆陶公主被封为窦太主。

这是她一生中最风光的时候，女婿在她的帮助下当上了皇帝，对她很感恩，女儿成了后宫之主，母仪天下，宫中赏赐不断，她笑得合不拢嘴。然而，风光有时，陈阿娇因为行巫蛊之术被刘彻废了，幽居长门宫。

馆陶公主没有想到刘彻竟然如此狠心，当初他可是靠着自己才能当上皇帝的，现在翅膀硬了，居然对付起她的女儿来了。可这一次，她再也没有办法扭转乾坤。天下是刘彻说了算，那个曾经稚嫩的少年已经不再乖乖听她的话，重金请司马相如写的《长门赋》也挽回不了刘彻的心。

馆陶公主绝望了，人到花甲之年，要经受这样的打击，真是痛苦！她的女儿在长门宫也不知道吃得好不好、睡得香不香，她辗转难眠，为陈阿娇操碎了心。

陈阿娇废后，刘彻顾念馆陶公主的恩情，让她待遇如旧。可是到底不如从前风光了，后宫是王太后、卫子夫说了算，这些曾经小心翼翼地对着她、对着女儿陈阿娇的女人，地位却比她更加尊贵了。

世事难料，世事难料啊！当年她是何等风光，哪个见着她不礼让三分？现在呢，荣华富贵依旧，女儿却沦为了天下笑料。若是母亲还在，又怎么会如此！

公元前 116 年，馆陶公主去世，风光一世的公主消失了……

五

馆陶公主这一生顺遂、风光，从长公主到窦太主，她的地位节节攀升，哪怕女儿犯了不可饶恕的罪过，她的待遇依旧不变，荣华富贵到老。

她不是人微言轻的公主，她说一番话，居上位者必会仔细考虑。因为她和栗姬的矛盾，本来拿得一手好牌的栗姬硬是下场凄凉，而不起眼儿的王夫人因为同她交好，成了母仪天下的皇后。

她随随便便就能影响到很多人的命运，可是有一点她做错了，还错得离谱——她不懂得克制自己，言行也超出了一个公主该有的范围。她为了让女儿登上皇后之位，让无辜的刘荣与皇位失之交臂；她为了满足自己的心愿，贪婪地做了许多不合时宜的举动。因为她的这种个性，导致陈阿娇也丝毫不知低调、恃宠而骄，最后亲手葬送了自己的皇后之位。

如果她能够谨言慎行，做一个低调本分的公主，那么她的宝贝女儿陈阿娇也就不会有那样凄凉的下场，而她自己或许就可以成为后人欣赏的公主——那是集万千宠爱于一身，却仍旧能清醒明白地活着，活得低调本分，能为母分忧、为弟解愁。

又是一钩新月照黄昏 目光沉醉了谁

平阳公主

一

在汉武帝时期有位平阳公主影响了不少人的命运。曾不止一次地猜想过，如果没有她，还会有布衣皇后与绝代佳人李夫人的传奇吗？应该是不会有的吧。

没有她，卫子夫只会是公主府里的一名绝色歌姬，说不定年复一年地哼着歌、跳着舞，待年老色衰了，就会嫁给一个普普通通的老实人过一辈子。卫青也很难成为赫赫有名的常胜将军，可能还是会征战沙场，但是路绝对没那么好走了。至于霍去病呢，依旧是个少年天才，不过用兵如神的本领可能不会那么容易被发现。

少了她，李夫人可能有机会入宫，也可能没有。李延年唱过《佳人曲》后，汉武帝心血来潮想要见见李夫人，没有平阳公主的引荐与美言，汉武帝见过她之后可能就将其抛之脑后了。那么，也不会有后来那一段凄美的深宫之恋，李夫人的倾城倾国也就没办法流传千古，李广利也很难得到汉武帝的重用。

因为她，很多人的命运都有了不小的改变，她小小的举动引起了巨大的变化，就如“蝴蝶效应”一般，这可能是她自己都没预料到的。

在繁盛的汉武帝一朝，没有哪个公主像她一样耀眼，那是真正的尊贵无双，荣华富贵一生，闪闪发光的一世。

二

平阳公主的父亲是平定“七王之乱”，与汉文帝一起开创了“文景之治”的汉景帝，母亲是汉景帝第二任皇后王娡，亲生弟弟是有雄才大略的汉武帝。

少女时代，她见证了后宫的风云涌动，默默地看着太子刘荣与栗姬从高处跌进泥潭；默默地看着亲生母亲王娡因得到了馆陶长公主的支持，意外登上了皇后之位；默默地看着本来只是胶东王的弟弟刘彻变成了太子，后来还当上了皇帝。

宫中花开了又落，她也从默默跟在母亲身后的小姑娘变成了亭亭玉立的大姑娘，转眼就到了出嫁的年纪。汉景帝帮她挑了一位夫婿——曹寿。这是一桩很不错的婚事，曹寿的曾祖父曾在汉高祖年间当过宰相，就是那位著名的“萧规曹随”的曹参。

当时平阳公主还不叫平阳公主，封号是阳信，在嫁给平阳侯曹寿后，才被称为平阳公主。婚后，两个人感情和睦，夫妻恩爱，过得也是极为舒心，她还为曹寿生下了一个男孩儿——曹襄。奈何，曹寿福薄，公元前 131 年便去世了，平阳公主伤心不已。

随后，寡居的她又嫁给了夏侯颇，这个夏侯颇同样来头不小，夏侯颇的曾祖父夏侯婴是跟着刘邦打天下的大功臣，可谓战功卓著，不容小觑。可是这夏侯颇娶了平阳公主后不懂珍惜，居然胆大包天做出通奸之事，事情败露后，夏侯颇害怕极了，他不敢想象汉武帝会怎么惩治他，在担惊受怕之下他选择了自杀。

平阳公主期待的岁月静好再一次破灭，她有靠近幸福的资本，却每每都与幸福擦肩而过，这让她十分惆怅。两个人的生活也许会有争吵、不快，可一个人的日子更加难过，她抚着眼角的皱纹低声叹气。

三

看着姐姐暗自神伤，汉武帝心里很不是滋味。平阳公主的后半生总不能就这样一个人孤孤单单地过吧？于是，平阳公主的嫁人之事再次提上了议程。她是金枝玉叶，自然是要配天下最好的男子，她的两个丈夫都是名臣之后、家世显赫，这第三任丈夫自然也不能差。

选来选去，大家都觉得常胜将军卫青是个不错的人选。卫青为人正直，有平定匈奴之功，为大汉立下了汗马功劳，亲姐姐还是当朝皇后。除了他，恐怕没人配得上平阳公主。

平阳公主知道这个消息后不禁大吃一惊，卫青曾经是她的骑奴，现在居然要做她的丈夫，这怎么可以？想想就觉得怪异。可是，似乎也找不到更好的人选了。最后，汉武帝就让骁勇善战的卫青娶了平阳公主。

世事无常，她真的没有想到卫青会成为她的丈夫。她与卫青相识太久了，从未想过有朝一日那个男人会成为她的丈夫，与她共荣辱同生死，时间有时候还真是妙不可言。

她还记得当年卫青的姐姐卫子夫在她的府中学习歌舞时，跳得极好，恰逢汉武帝来她府中游玩，她就让卫子夫精心打扮了一番，并献上了一支舞。之后，汉武帝一眼看中了卫子夫，就将其带回了宫。现如今，那个身份卑微的女子已经成了母仪天下的皇后。谁也没有预料到，卫子夫会有这样的福分。

那时候，卫青也在她府里，因为身份低下，她没怎么注意过他，只是依稀记得他身手不错，是个习武的好苗子。没想到，他如今已经成了名满天下的大英雄，百姓都说他是常胜将军，地位也是节节攀升，不过他却一直保持初心，低调做人，从未有过什么不好的传闻。

希望这一次可以婚姻幸福吧，她只想要现世安稳。年纪大了，经不起风风雨雨了。

四

嫁给卫青后，平阳公主过得很安稳。

她常常会听卫青说起那漫漫黄沙的战场，那里狂风怒吼，地势险恶。她听着卫青的声音，就仿佛看到他身穿铠甲，骑在马上，带领千军万马击退匈奴的热血场面。她的丈夫骁勇善战、意气风发。

与卫青相处的每一刻，她都感受得到他身上怀揣的忠君报国的理想。他不怕流血牺牲，不怕流汗受伤，他只愿天下太平、大汉繁华。他骨子里流淌的血液都是让人骄傲不已的。

可平阳公主还是免不了会担心，战场上刀剑无眼，她怕卫青会受伤，她已经经不起打击了。她只希望可以和卫青相伴到老，白发苍苍时依然可以听见他说起年轻时征战沙场的故事。

她珍惜这份来之不易的感情，小心翼翼地呵护着，生怕一不小心又被上天收回去了。一年又一年，她紧紧握着卫青的手。可是，还不到十年，卫青就放开了她的手，先她一步离开了人世。她无法接受他的病逝，他明明比她还年轻啊，他身强体壮，怎么就这样一声招呼也不打就走了呢？

她是公主，有数不清的金银珠宝，穿不完的绫罗绸缎，吃不尽的山珍海味，可是她却留不住一个自己想要留住的人，只能眼睁睁地看着他慢慢放开她的手，去了另一个世界。

没有人再给她讲故事了，她看着一只雄鹰在蓝蓝的天空中飞呀飞，飞到了她看不到的地方。后来，她也走到了生命的尽头，她说她的心愿就是与卫青合葬。

她这一生有过三个男人，但她最喜欢听卫青给她讲故事，她还想继续听。

五

作为公主，她一生荣华富贵，从一出生就注定不凡。

汉武帝信任她、敬重她，王太后宠爱她、关心她，卫子夫感激她、信任她，曹寿宠爱她、呵护她，卫青保护她、尊重她。

她是一个有眼光的女人，卫子夫、李夫人都是经她之手献给汉武帝的。两个地位卑微的女子最后都成了皇后，一个在位 38 年，有贤后之称；一个让汉武帝念念不忘，香消玉殒后，一家子得到了汉武帝的重用，本人还被追封为皇后。

她是一个聪明的女人，作为公主，她知道什么是可以做的，什么是不能干涉的。尊贵如她，却从不会因为身处高位便任性妄为、贪婪无度，所以她得到了汉武帝的全部信任，结局完美。

她不像太平公主一样权倾天下、手握重权，也不如馆陶公主一样集万千宠爱于一身。她有恃宠而骄的资本，可她的一生却是平安幸福的。朝廷的腥风血雨与她无关，朝堂上的风云诡谲和她毫不沾边，她不站队、不骄纵，始终审时度势、低调做人，如此才有了一生的荣华富贵，一世的安宁尊贵。

她的一生告诉了我们一个道理：当你处在人生高处时，一定不要贪婪，不要得意忘形，要学会为自己打算，为将来打算，哪怕现在这么做看起来有些可笑，别人可能也会笑话你是杞人忧天，可时间会告诉你，你的决定没有错。你漫不经心的一个举动，也可能会引起意想不到的“蝴蝶效应”呢！

月似当时 人似当时否

太平公主

一

一千多年后，翻开泛黄的史书，看到那个繁华开明的大唐，心微微一动。

在那个开放包容的朝代有着太多耀眼的女子，最为瞩目的当属一代女皇武则天，男尊女卑在她面前成了一纸空文；其次便是太平公主，作为武则天的女儿，她同样光芒万丈。

阳光斜斜地洒在一千多年前的青石板上，太平公主迈着小短腿去找她的父皇、母后。

作为嫡公主，她一出生就受到了无微不至地照顾。她活泼开朗、率真可爱，常常在外祖母荣国夫人家逗得年迈的荣国夫人哈哈大笑。朝政之事让武则天非常烦心，但每次一看到小太平这般可爱，她就十分欣慰。

斗转星移，小太平长大了，荣国夫人也老了。生老病死，谁也没法儿逃脱。小太平面对外祖母的去世久久不能平静，武则天看了很心疼，就安排了小太平去替荣国夫人祈福，让她出家为女道士。

不过拥有道名“太平”的小太平并没有被武则天送去宫外的道观。

她仍旧住在宫中，过着锦衣玉食的生活。她在宫中舒舒服服地生活着，她的五哥李弘却意外猝死，小太平再次尝到了伤心的滋味。她的五哥哥贤德宽厚，居然就这样化作一抔黄土了，她叹息人的生命竟是这样无常。

春花秋月里，小太平在宫中一点点读懂了人世。与此同时，武则天接到了一个棘手的消息，吐蕃请求将太平公主送去和亲。武则天当然不答应，吐蕃路途遥远，太平一个金枝玉叶怎能背井离乡去和亲呢？于是，武则天修了座道观，让小太平住了进去。吐蕃见到大唐如此安排，也只得打消了念头。

二

白驹过隙，太平公主如今已经长成亭亭玉立的大姑娘了。道观虽为清净之地，可并没有让太平公主变得不问红尘。她也像寻常人家的大姑娘一样，开始想到嫁人这桩大事了。

某日，她穿了身武官衣裳在李治与武则天面前跳起了舞，两位全天下最尊贵的人见了女儿这副打扮不禁笑道："你穿这身衣裳做什么呢？你又不是武官。"

太平公主毫不忸怩地回答："女儿不能穿，驸马可以呀！"

这对父母终于意识到女儿是长大了。没过多久，太平公主就嫁给了薛绍。薛绍是李治的嫡亲外甥，其母乃太宗爱女城阳公主。对这桩婚事，太平公主很满意。

婚后，太平公主与薛绍极为恩爱，夫妻二人举案齐眉。如果日子能够那么顺心顺意地过下去，太平公主也就不会成为那个权倾朝野的太平公主了。

七年后，薛绍兄长参与谋反，薛绍受其牵连，被武则天关进了大牢。太平公主百般求情，可武则天仍旧不肯放过薛绍，身心遭受重创的薛绍最终饿死狱中。

身为公主，多少人对她卑躬屈膝，可她连自己最爱的丈夫都保不住。两儿两女还都要靠她好好教养长大，她这般手无缚鸡之力，想来以后下场必然凄凉。

五哥李弘猝死，六哥李贤被母后逼死，七哥李显被发配至荒凉之地，八哥李旦如履薄冰。一桩桩事都让太平公主意识到自己必须揽权，只有权力才可以让她保护最爱的人和她自己。

无忧无虑的太平公主有了接触朝政的心思，她要向她的母亲一样，手握重权。

三

作为武则天最为宠爱的小女儿，她当然不会寡居一辈子，武则天将太平公主的再嫁之事提上了议程。

武则天先是挑中了侄子武承嗣，但太平公主并不满意，于是又挑了武攸暨，武攸暨性格温厚纯良，太平公主想了想便点了头。

随后，武则天以迅雷不及掩耳之势赐死了武攸暨的原配夫人，太平公主正式嫁给了武攸暨。这段婚事，太平公主不再如初次那般小心呵护。薛绍死了，她再无忠贞可言。她开始养男宠，她喜欢和他们饮酒作乐，那些男宠中不乏油嘴滑舌之辈，总能说些甜言蜜语哄得她眉开眼笑。武攸暨冷眼旁观，已经登基为帝的武则天也默许了太平公主这种放纵的行为。太平公主甚至将男宠张昌宗进献给武则天，她觉得张昌宗面白如玉，母皇应该会喜欢。

放纵是有的，但大事她也没忘。她开始频繁出入宫廷，参与政事，母女二人也经常一起商议国事。太平公主也在一天天的参与中开始有了自己的势力。

张扬跋扈的薛怀义自从得到武则天的看重后越发目中无人，甚至触及了太平公主的利益，太平公主便毫不手软地解决了他。随后面对来俊臣的陷害，她也当机立断，迅速了结了这个罪行罄竹难书的酷吏。

武则天一天天老去，张昌宗兄弟为非作歹。太平公主开始思考长远之事，她将目光放在了七哥李显身上。经过一番谋划，太平公主协助李显、张柬之等发动“神龙政变”，迫使武则天退位，拥立李显为帝，随后就诛杀了张昌宗兄弟俩。

在这场政变中，太平公主展现出超人的才智，李显对这个妹妹颇为感激，封她为镇国太平公主，享五千户。她的光芒开始越来越亮，站的位置也越来越高，初心也渐渐偏离。

四

与李显同甘共苦的韦皇后自从母仪天下后，变得贪婪无度，安乐公主也开始向着权势靠拢，居然想要当皇太女。

她倒要看看这对母女能蹦跶到几时。只是她还没等到安乐公主那对母女的笑话，李显就驾崩了。太平公主与上官婉儿商议，让李重茂做太子，李旦参谋政事，可韦皇后毫不满足，竟然贪婪得想要只手遮天。居然敢架空她八哥李旦的权力，这天下到底是姓李还是姓韦？

太平公主当机立断，她与侄子李隆基发动了“唐隆政变”，杀了韦皇后一干人等，随后将八哥李旦推上了皇位。

又一次有拥护之功的太平公主，被李旦封为万户，食邑比普通公主高了几十倍。太平公主开始了她权倾朝野的岁月。

太平公主在李旦为帝的日子里，受到了前所未有的敬重。宰相七人，有五个出自她门下，朝中百官无不对她恭恭敬敬，就连李旦也对她格外看重，李旦过问朝政时总不忘加上一句："禀告太平公主了吗？"

在古代，女子干涉朝政会被认为牝鸡司晨，太平公主将权势玩弄于股掌之间，李隆基自然十分看不惯。"唐隆政变"时，他俩是友好的合作伙伴，姑侄同心，其利断金。但太平公主越发嚣张，竟然开始挑拨李旦与李隆基这对父子俩的关系，还散布李隆基的谣言，这让李隆基委实恼怒。

本着家和万事兴的李旦试图缓和二人关系，可是完全无用，最后李旦退位，将龙椅让给李隆基坐了。太平公主与李隆基不合已久，李隆基登上了皇位，她能有什么好果子吃？于是她决定毒死李隆基，可惜，李隆基提前得知了她的计划，他率领精兵诛杀了太平公主的党羽。

躲在南山寺的太平公主知道大势已去，于三天后归府，她知道自己即将面临死亡，但她毫不畏惧。自小疼爱她的八哥李旦想要护住她，李隆基却没答应，最后太平公主被赐死。

大唐第一公主就这样死了，她还没来得及过五十岁的生辰，她的亲生儿子薛崇简也没有为她流下一滴眼泪。

五

很多年前，她曾是无忧无虑的公主，幻想能拥有幸福美满的一生。可她的幸福太过短暂，也太过浅薄。自幼年时起，她就眼睁睁地看着亲人接二连三地去世，那些宫闱秘辛她听过不少，却总觉得与自己无关。与薛绍在一起的那七年，是她人生中最温暖的时光，可仅仅七年。

受过打击的她，打定主意要参与朝政。母后武则天是她学习的榜样，她从单纯率真变得工于心计，从简单干净变得放纵贪权。她多次审时度势，当机立断做出最好的决断，让李唐江山没有因为奸诈小人而出大乱子。可在那条争权的路上她也逐渐迷失本心，变得贪婪，变得想要只手遮天。

她一步步走向权力巅峰，尝到了身处高位的痛快，一旦发觉有人会影响到她的地位，她就不管不顾地要针对对方。历经四皇，她的地位节节攀升，她不想败在李隆基手上，于是做了许多愚蠢之事，最后更是葬送了自己的性命。

她曾是大唐呼风唤雨的公主，权势滔天；她也曾是可怜的寡妇，挚爱的丈夫被最敬爱的母后活活饿死；她也是一个无人理解的悲哀妇人，亲生儿子对她的死无动于衷，从未向李隆基求过情；她更是一个在朝政上有独到眼光的女强人，几次精心筹划的政变，都取得了意料之中的效果。虽然最后一回惨败，可她不畏生死，坦然回到府邸，虽败犹荣。

日月轮换，时光如梭，如今再回首大唐那数百年，太平公主依然是大唐极为耀眼的存在，她曾那样接近皇位，几乎只有一步之遥，可她自始至终都没踏出过那一步，也许她动过心思，但她还是更愿意守住李唐江山，守住大唐的繁华。

悄悄问僧人 女儿美不美

高阳公主

一

春风吹进了长安城，和煦的阳光洒在琉璃瓦上，宫中迎来了一件喜事，宫人将喜事禀告了正在批阅奏折的唐太宗。听到宫中又多了一位小公主的消息，愁眉不展的唐太宗瞬间喜上眉梢，龙心大悦地赏赐了前来报喜的宫人。

这位小公主便是唐太宗的第十七女——高阳公主。唐太宗儿女成行，可他对高阳公主的宠爱一点儿都不少。

高阳公主在宫中锦衣玉食地长大，虽为庶出，但她仍旧享受着平常女子尝不到的山珍海味、穿不到的绫罗绸缎，她的童年时光是无忧无虑的，春看百花争艳，冬看白雪皑皑。

林花谢了春红，太匆匆。无忧无虑的高阳公主转眼也到了出嫁的年纪，唐太宗千挑万选，为这个宝贝女儿挑了良相房玄龄家的二公子——房遗爱。

忠臣之后与皇族公主，这样门当户对的婚事再合适不过。圣旨一下，婚约既定，明艳活泼的高阳公主坐上了花轿嫁给了房遗爱。

盖头下的高阳公主对即将掀起她盖头的房遗爱充满期待。房府里一片恭贺声，尚公主的房遗爱也面露喜色，当驸马虽比不上权臣，却得到了皇帝至高无上的信任。

一个满怀期待，一个喜上眉梢，这对夫妻都希望称心如意。

二

世事岂能尽如人意。房遗爱完全不是高阳公主期待的那个样子，他身板结实，一身功夫，崇尚武力，让高阳公主喜欢不起来。在宫中长大的高阳公主喜欢才识过人、玉面青衫的公子，是可以和她秉烛夜谈，愿意与她花前月下的人。可房遗爱根本就不懂她的风花雪月，只知道听从她的话，无趣得很。

她刚开始还能耐着性子，与他举案齐眉，等时间久了，到底意难平。她在这桩精心安排的婚事中感受不到幸福，虽然房遗爱为她鞍前马后，但她只觉得索然无味，这和她年少时殷殷期待的爱情天差地别。她与房遗爱同床异梦。

孤独无处排解，她便出门打猎，策马奔腾时，她能感受到前所未有的快乐。某日，她打猎途中遇上了一个和尚，那和尚容貌英俊、才识过人，是道岳法师的得意弟子，名叫辩机。一问一答间，她就喜欢上了辩机。他眼中有星辰大海，她一见到他就再也不想离开。寂寞许久的她才不管那些清规戒律，她就想和他贪欢。

年轻的辩机和尚口中念着“阿弥陀佛”、说着“施主自重”，他是出家人要远离红尘不可思凡，可高阳公主越挫越勇，在她一天天的纠缠下，辩机也动了心。

在辩机面前时，她不再是那个高高在上的公主，她愿意听他念佛经，说他剃度出家的故事，说起西行取经的玄奘是多么多么了不起。尽管她对他说的那些东西一窍不通，可她却听得津津有味、毫不厌烦。

作为驸马的房遗爱当然发现了高阳公主的异样，但他并没有暴跳如雷地咒骂高阳公主，也没有在唐太宗面前提过她的不端之举，他反而替高阳公主保密，还帮助她和辩机私会，这让高阳公主稍微对房遗爱满意了一些。

那时候的高阳公主容光焕发，眼中含笑，和意中人在一起卿卿我我。

三

高阳公主的一颦一笑都深深地刻在辩机的脑海里，白纸黑字的清规戒律也扎在辩机的心头。他剃度出家，本该不问红尘，却恋上了金枝玉叶。于是，他抛弃了信念，舍弃了轮回，不为修来世，只为这一世拥抱她的温暖。

陷入爱情里的高阳公主期许一生都能陪在辩机身边。但理想很丰满，现实很骨感。西行取经而回的玄奘法师要写《大唐西域记》一书，才识过人、佛法高深的辩机被玄奘大师选中。年仅 26 岁的辩机是九名译经人中年纪最小的，他很想为这本书的撰写贡献自己的微薄之力，高阳公主见到意中人如此期待，虽有不快，但也忍了下来。

她恋恋不舍地看着辩机，送给了他一个玉枕，她希望辩机每天结束繁忙的译经工作后，躺在床榻上时可以想起她。辩机欣然接受了高阳公主的馈赠，两个人抱在一起，依依不舍地说着道别的话。

这桩恋情，辩机从没有对任何人说起过。这个秘密一旦泄露，会有多么可怕的后果，他心知肚明。他带着高阳公主送给他的玉枕去了弘福寺，开始认认真真地翻译经文。夜深时，他就会想起明艳张扬的高阳公主，想念与她在一起的时光。

某日，一小偷潜入寺庙，偷到了辩机的住所，那小偷也是慧眼识珠，竟偷走了值钱的玉枕。可小偷还没来得及庆祝一下，就被官府抓住了，官府里的人一看这玉枕乃是皇家之物，急忙逼问是从何而来，小偷立马就招了。

辩机被抓了，他不想连累高阳公主，可挨不过严刑逼供，最后拖着虚弱的身子将实情一一道来。涉及皇室公主，官员不敢自作主张，立刻上报给了唐太宗。唐太宗不禁龙颜大怒，他用心良苦地为女儿挑选的一桩婚事，现在竟弄成了这副样子！皇家丑闻，皇家丑闻啊！

高阳公主知道东窗事发后，急忙赶回宫中向唐太宗求情，怒火中烧的唐太宗没有理会这个让他失望的女儿，他将高阳公主身边的宫人尽数赐死，辩机被处以腰斩。

腰斩，那得多疼啊，这等酷刑一般是罪恶滔天才有的，她和辩机两情相悦，何错之有！她跪在地上磕头求情，哭得泪流满面，但唐太宗仍旧无动于衷。唐太宗差人将她送回了府，将她严加看管了起来。

那一天很漫长，长安街头的老百姓都在议论可惜了一个有才的和尚。而她待在府中，回忆着他们相恋的这八九年，心如刀割。

辩机死了，她再也不是以前那个活泼明媚的高阳了，他带走了她所有的喜笑嗔怒，从此她变得疯狂，眼里只看得到权势。只有权势，才能让她得到自己想要的一切，否则得来的永远只是别人的施舍。

四

秋风瑟瑟，她穿着单衣迎风而立，唐太宗驾崩了，她心情复杂。她恨父皇将她下嫁给无趣的房遗爱，恨他杀了她心爱的辩机，让她哀莫大于心死。可他也是她的父皇，给了她那么多年的宠爱与温暖，从此再也没有人可以管她了。她哭哭笑笑，似喜似悲。

公元649年，唐高宗李治登基，这个同父异母的哥哥待她很不错。房遗爱依旧是老样子，无趣得很。她又看上了几个和尚，如自称可占福祸的智勖、自称能视鬼的惠弘……他们有的眉眼像辩机，有的身形和辩机如出一辙。她在他们身上得到了安慰，但也只是暂时的，他们永远无法替代辩机。

放纵之余，她也不忘争权。房玄龄死后，作为嫡长子的房遗直继承了家产，被封为梁国公。高阳公主很不满意，同样是嫡子，凭什么房遗爱就差那么多？不满之心日渐生起，她开始有了不该有的心思，她说服房遗爱同她一起支持叔叔荆王李元景谋反。她想明白了，一旦叔叔谋反成功，坐上了那把龙椅，她便是有拥立之功的公主。

计划很完美，结局很凄惨！她向唐高宗诬告房遗直对她无礼，唐高宗将此事交给了国舅爷长孙无忌审理，长孙无忌竟然意外知道了她和荆王的大秘密。

谋反之事，罪不可恕。公元 653 年，高阳公主被赐死，房家一干人等下场凄凉，与此事有关的巴陵公主夫妇、吴王李恪等也都沦为政治的牺牲品。

她没有得到她梦寐以求的权势，还因此丢了性命。

五

作为公主，她的婚姻在古代是很普遍的政治联姻，目的不纯，让她所遇非人，生活无趣得很。好不容易遇上了心动不已的恋人，却没办法光明正大地在一起，偷偷摸摸几年后，又被敬爱的父皇扼杀了那唯一的温暖。这让她恨、让她怨、让她怒，从此走上了争权之路，一去不复返。

她有什么错呢？她爱上辩机只是因为他是她等了很久的那个人，管他是和尚还是乞丐，这都不重要。若说有错，那大概是她千不该万不该投胎到了皇家，很多事都身不由己。

升平公主

落花人独立 微雨燕双飞

一

在太平盛世做皇帝的女儿显然比做宠妃要幸福得多，她们养尊处优，上有父皇、母妃宠着，下有一大群公公、嬷嬷精心伺候着，她们不用像皇子一样为了皇权钩心斗角、拼个你死我活。出嫁前她们无忧无虑地长大，出嫁后又有驸马一家小心翼翼地侍奉，在“君权”下，公婆压根儿就不敢摆谱，有时还得好声好气地伺候着。

做公主最幸福的朝代莫过于唐、宋了，汉朝公主多和亲，明朝公主嫁平民，清朝格格召见额驸还有一套流程。而唐朝公主要自由得多，她们在历史上那绝对是不容小觑的，诸如不爱驸马爱和尚的高阳公主、走在权力巅峰的太平公主、野心勃勃要做皇太女的安乐公主，这些公主备受宠爱、特立独行，在当时谁都不敢轻易招惹，生怕一不小心就落得个杀头之罪。

但是这样开放包容、公主都可以指点江山的唐朝居然出了个被驸马掌掴的公主。这个胆大包天的驸马打了皇室公主非但没有被皇帝训斥责罚，反而还得到了皇帝的赏赐，这真是叫人不敢相信。

因为这桩匪夷所思的事，金枝玉叶的公主出名了，胆大包天的驸马也跟着出名了。这个被打了巴掌的公主乃升平公主，驸马爷大名郭暧，是唐朝名将郭子仪的第六子，后人以这个故事为原型编了一出有名的戏——《打金枝》。

二

升平公主出生的时候，“安史之乱”还没有爆发。她的父亲是唐玄宗孙子广平王，母亲乃广平王原配崔氏，国色天香的杨贵妃是她的姨外祖母。

显赫的身世注定了她一生的尊贵荣华,她是含着金汤匙出生的，在广平王府众多嬷嬷的悉心照料下长大的。

一场“安史之乱”，搅乱了她平静的生活。姨外祖母杨贵妃惨死在马嵬坡下，杨家随之跌入谷底，父亲广平王带兵出征，母亲崔氏在一连串的打击下变得郁郁寡欢。

战火连天的天下，血流成河的战场，经过一番激烈的厮杀，战争终于停了，她的心也终于宁了。

白驹过隙间，她的父亲广平王当上了一言九鼎的帝王。母亲在郁郁寡欢下离开了人世，她哭得稀里哗啦。她的父亲唐代宗拍拍她的肩膀告诉她，别怕。她成了被唐代宗捧在手心上的公主，作为嫡长女的她得到了皇宫中最好的待遇。素来对她宠爱有加的唐代宗对她的婚事极为看重，在千挑万选下，她被赐婚于郭子仪的第六子——郭暧。

这真是一场用心良苦的婚事，郭子仪乃平定“安史之乱”的大功臣，忠心耿耿又恪守本分，唐代宗对他信任有加。郭暧作为郭子仪的第六子文武双全，升平公主嫁给他是再好不过的了，唐代宗对这桩婚事十分满意。

在一个风和日丽的日子里，升平公主上了花轿嫁给了郭暧。男才女貌、门当户对，两人简直是天造地设的一对。

作为媳妇，侍奉公婆是天经地义，可她身为公主，是皇室中人，怎能屈尊降贵去伺候臣子？况且她素来被父皇捧在手心里，难免有些任性，常会因为一些乱七八糟的小事就和郭暧发生争吵。

有一回郭暧因为她不向郭子仪行礼，居然怒气冲冲地指责她："公主，你不要以为自己的父亲是天子就可以肆意妄为，我爹不是做不了皇帝，只是没那个心思罢了！"

这话简直是大逆不道，升平公主怒不可遏，和他争吵了起来，在失去理智的情况下，郭暧居然打了她一巴掌。升平公主怒气冲天地就回了宫，去向唐代宗告状。她以为素来对她有求必应的父皇定然会好好修理一下这个口出狂言的驸马，却不想唐代宗居然还说郭暧说得确实有道理。父皇都不站在她这边，她真是有气没处出了。

知道郭暧口出狂言后，郭子仪被吓了一跳，连忙绑着这个要把他气死的儿子前去找唐代宗赔罪，没承想，唐代宗居然表示小事一桩，还劝郭子仪道："不痴不聋，不做家翁。"

在唐代宗的劝说下，在郭暧的低头认错下，这事算是翻篇儿了，二人和好如初。

三

升平公主身上虽然有着养尊处优造成的公主病，时不时会使下小性子，任性一把，但你若因此认为她是个嚣张跋扈、刁蛮泼辣的公主，那就大错特错了。她压根儿不是那种狂妄自大、目中无人的女子。

升平公主读过书、习过礼，在唐代宗时不时地点拨下，她其实是个讲道理的好姑娘。昔日，唐代宗曾做出一个决定，要将白渠水支流碾硙毁除，这个举措一旦得到良好执行，农户灌溉水田将会更加方便。唐代宗安排了人手去做这件事，希望尽快看到一个满意的结果。

那些奉了皇命的人发现升平公主府里居然就有脂粉硙，这升平公主可是当今圣上最为宠爱的公主啊，他们这些小兵小将实在不敢惹怒公主。可是皇命不可违，若包庇公主被发现了，他们也担待不起。升平知道这些人的难处，于是亲自跑去皇宫向她亲爱的父皇禀告此事。

女子最是喜欢胭脂水粉，她府上有脂粉硙，是为了可以依照自己的喜好来做。她可怜兮兮地向唐代宗求情，请求他不要让人销毁她府上的那两盘脂粉硙。唐代宗毫不犹豫地拒绝了她，并且告诉她："朕是为了天下苍生，你身为皇室公主，更当做个表率。"

明白了父皇心思的升平公主，回府后就马上命令手下毁去了那两盘脂粉硙。唐代宗听闻此事后，非常高兴，这个女儿到底没白疼。

公主率先做表率，朝中大臣哪儿敢不从，于是争先恐后地效仿升平公主之举，纷纷毁去家中的硙。

她的任性嚣张不过是小吵小闹而已，关键时刻还是很深明大义的，她有贵为公主的尊贵气场，也有身为皇室成员应该忧国忧民，为天下苍生谋福的觉悟。

作为驸马的郭暧，文能写出一手锦绣文章，武能沙场点兵，她作为公主虽然不懂武艺，但是也喜好文墨。郭暧同他门下宴饮时，她也喜欢去凑凑热闹，每次都要坐在帘子后面听那些文人喝酒赋诗，作得好的她会毫不吝啬地给点儿赏赐，作得不好的她也不会责罚。

公主府很大，郭暧平常事务繁忙，她闲暇时便会躬身教导子女，过得倒也不错。

四

将她视作掌上明珠的唐代宗去世后，由她同父异母的哥哥李适即位，即唐德宗。

唐德宗对升平这个妹妹更是爱护有加，继续给予她至高无上的荣华。不过时间久了，二人之间也生出了嫌隙，但好在兄妹之间没有消除不了的矛盾，矛盾过后，他们的兄妹之情也更加深厚了。

这样一个如花似玉的金枝玉叶，就连上天都对她格外优待，历经几朝，她依旧荣华傍身、富贵不减。天子换了一个又一个，她的尊贵却丝毫不改，亲生女儿更是得到广陵王李纯的宠爱，被封为广陵王妃。在她死后，她的这个女儿更是一度做到了贵妃之位，最后还当上了皇太后，简直羡煞旁人。

千年后，我们听到的关于她的故事便是《打金枝》，一个金枝玉叶的公主被驸马掌掴，让那些被妇人欺压已久的男人、义正词严地要维护至高无上的夫权的男人，都兴高采烈地替郭暧鼓掌。因为打公主，这太胆大包天，也太重振夫纲了。郭暧那一打，打的是皇家的颜面，打的是公主的骄傲。他们在暗爽、偷笑，却不知那“打金枝”本身就是经过了刻意夸大，真正的升平公主一点儿都不像传说中的那般刁蛮跋扈、目中无人。她这一生过得顺遂平安，丈夫袭封代国公，儿子娶了金枝玉叶的公主，女儿或嫁王子或当太后，她过得十分如意。

这种真实的幸福故事远不如《打金枝》流传得广，这或许和封建社会根深蒂固的“夫为妻纲”的观念有关。

君问归期未有期

柔福帝姬

一

1127年，汴京城破，北宋皇族宗室、后妃帝姬、大臣皇戚三千余人被金人押送至北方。

北风凛冽，这三千余人在寒风中绝望。宋徽宗、宋钦宗这两位昔日的九五至尊，被金人劫持，沦为阶下囚。颇有才华的亡国之君面对着北方一片苍凉景象，不禁写下：“彻夜西风撼破扉，萧条孤馆一灯微。家山回首三千里，目断天南无雁飞。”

这是一段宋人难以忘记的历史。汴京城破的那天，就是苦难的开始。金军烧杀抢掠、肆意凌辱城中百姓，昔日的皇子、皇孙尚且不能保全自己，更别提老百姓了。

在太平盛世，皇上是指点江山、说一不二的，后妃、公主是养尊处优、生活惬意的，皇子、皇孙们也可锦衣玉食、为国出力。但山河不在，他们便什么都没有了，身上都打上了屈辱的印记。皇上是生是死，不过是他人的一句话而已；后妃、公主更是被肆意轻薄、凌辱；皇子、皇孙在这个时候皆是命薄如纸，苟且偷生。

那浩浩荡荡被金人押送至北方的队伍里，有徽宗、钦宗，皇后、众妃，以“状元皇子”赵楷为首的皇子，以及荣德帝姬、安德帝姬、顺德帝姬、柔福帝姬等，除后来建立南宋政权的赵构，这些昔日里最为尊贵的大宋皇室成员都沦为了阶下囚。

北方寒风呼啸，他们抱头痛哭，哀叹命运的无常，一些身体孱弱的妇人在路途中就去世了。国破家亡，他们曾经是有权有势的皇族，如今只能担起肩上的责任去承受那未知的苦难。

究竟有多绝望？那是深知即将面临龙潭虎穴、承受羞辱，却完全无力反抗，也没有人会得到救赎。年仅 17 岁的柔福帝姬就在这押送的队伍中，如花般的生命就这样被拉进了深渊。

二

柔福帝姬是宋徽宗的第二十个女儿，名多福。她母亲是深得宋徽宗宠爱的王贵妃，同母兄长有被称之为“状元皇子”的赵楷、莘王赵植、赵机，姐妹有四位。

宋徽宗时，为仿周制，将公主改为帝姬，作为柔福帝姬的赵多福在 17 岁之前度过了一段还算平静的深宫岁月。那时她是金枝玉叶、养尊处优的帝姬，身份高贵，完全不识愁滋味。

如果没有那一场“靖康之难”，她会和历朝历代的公主一样，嫁给一个青年才俊，然后安安稳稳地度过这一生。但她生在了那样一个时代，宋朝积贫积弱久矣，宋徽宗于国事上昏庸无能，军不强、兵不壮，宋军节节败退，被金军打得落花流水，宋朝一次又一次地屈辱求和。终于有一天，皇帝被俘虏胁持，繁华阜盛的汴京城里一片狼藉，到处都是哭喊声，和着北风，吹得人心冷。

一场“靖康之难”，打破了柔福帝姬平静无波的生活，从此她的生活再无安稳可言，只有屈辱，只有痛苦，只有对故国的思念。

尊贵无双的帝姬再也无法掌控命运。皇帝都战战兢兢、如履薄冰，更别提她们这些柔弱的女子。同行的后妃、宫人病的病、死的死，有女子为保贞操，毫不犹豫地选择自杀，有的则一遍又一遍地被凌辱。

年仅 17 岁的柔福帝姬没办法保全自身，只能接受命运给她的苦难。她和诸多后妃、帝姬一样被送去了浣衣院，纤纤玉指的帝姬沦为了洗衣女，在天寒地冻的日子里做着辛苦的粗活儿，一双保养得宜的手变得臃肿、粗糙。

她们在浣衣院里是毫无话语权的，只能像个卑微的奴隶一样去接受未知的安排。被侮辱、蹂躏、践踏，她们只有承受或是死亡这两条路，她们也许有明天，也许没有。好在，柔福帝姬熬过来了，在那样一个屈辱的环境下熬下来有多么不容易，只有天知道。

她的坚强、忍辱负重，无非是希望能有重见天日的那天，她盼着这一天快点儿到来，但是没有。她们的命运只是别人随意开口的一句话而已，在浣衣院待了几年后，她被完颜宗贤带走，随后将她嫁给了一个叫徐还的汉人。

帝姬活得连蝼蚁都不如。但她幸运地保住了性命，这已经实属不易。

三

关于柔福帝姬后来的故事有了分歧，有人说她在重重的打击下郁郁寡欢，于 31 岁那年逝去，被追封为和国长公主。而另一种说法就变得更为离奇了，竟出现了真假柔福帝姬的迷案。

宋徽宗与儿子在金国遭受磨难时，他的第九个儿子赵构建立了南宋政权。赵构当年因为出任兵马大元帅，侥幸逃脱了被押送至上京的命运，成为宋徽宗众多的儿子中最幸运的那个。

赵构在临安称帝时，剿匪的宋朝官兵意外遇到了一个自称是柔福帝姬的女子，那个女子能够将往日宋廷生活一一道来，且面容清丽，眉眼间也有些昔日柔福帝姬的影子。但赵构对柔福帝姬已经没有什么印象了，便请了宫中故人来验证真假。那个女子对答如流，还能叫出赵构的乳名，唯一让宫人匪夷所思的便是这位柔福帝姬不是三寸金莲之足，她的脚粗大不堪。

宋朝时女子皆以纤足为美，宫中女子更是自小缠足，这位柔福帝姬徐徐解释道，之所以她的脚变得如此，那都是因为做多了粗活儿，又有金人驱赶她们，让本是娇柔不堪的她们受尽了苦楚。况且她从金国逃回来，可谓九死一生，走过多少路她自己都记不清了，那纤足自然就不复存在了。

受尽磨难的帝姬好不容易逃出了那龙潭虎穴，结束了屈辱的生活，赵构对这位异母妹妹的遭遇深感同情，他的父兄、姊妹、母亲都在金国受苦受累，好不容易逃回来一个妹妹，自是格外怜悯。赵构将她封为福国长公主，还为她指了一门婚事，嫁妆置办得非常丰厚，尚公主的驸马是年轻有为的永州防御使高世荣。

然而好日子没过多久，宋高宗赵构就迎回了他的母亲韦贤妃。阔别多年的韦贤妃立即被封为了太后，并且告诉了赵构一件大事，她说柔福帝姬早在金国时就已经去世了，如今宫中的那个柔福帝姬是个冒牌货。赵构闻之愤怒异常，立刻下旨彻查。

传说，这个柔福帝姬最后在酷刑之下招供自己本是流浪女，恰好遇见昔日在王贵妃跟前伺候的宫女，宫女说她和那柔福帝姬长得极为相似，还将曾经的宫闱秘史说给她当听，后来她在流浪中被人抓了，想起自己酷似柔福帝姬，便谎称自己是柔福帝姬。最后，这个冒充柔福帝姬的女子被斩首示众，当初指认她确为柔福帝姬的宫人也相继受到牵连。

不过真真假假，是是非非，如今已难辨。

四

有传言说，那被斩首示众的柔福帝姬的的确确是帝姬，是韦贤妃忌惮柔福帝姬会将她们曾在上京受辱之事说出来，为了隐去那段不光彩的历史，才有了这么一出，毕竟死人是不会说话的。唯有柔福帝姬死去，韦贤妃曾经受过的屈辱才不会被人说出来，她才可以高枕无忧地当高贵的太后娘娘。而真相究竟是什么，恐怕只有当事人才知道。

我倒更宁愿相信柔福帝姬死在了金国，死在了她 31 岁那年。虽然她受尽屈辱，承受了无尽的身心折磨，但好歹故国对她而言始终是一抹温暖的存在，是一个哪怕生活再艰难，但只要她一想起，就会继续坚强活下去的地方——汴京城繁华如梦，皇宫中人也对她照顾有加。

倘若那历经千辛万苦回到临安的女子真的是柔福帝姬，那才真叫人心寒。她拼尽全力逃出了那个可怕残酷的地方，以为到了临安就会是春光明媚，再也不用遭受那些颠沛流离，最后却死于曾经一起经受屈辱、同病相怜的韦贤妃之手，这是何其悲哀。

她们本是一同被押往上京的后宫女子，都经受过身心的重创，在那些低贱、卑微得连蝼蚁都尚且不如的日子里，她们坚强地活了下来。她们有过同甘共苦的经历，最是明白对方的不容易，但是得到救赎的韦贤妃为了将自己那段不光彩的历史彻底隐瞒，就杀了柔福帝姬，料想柔福帝姬定是死不瞑目。

在那个男尊女卑的年代里，女子卑微如尘，太平盛世时都尚且不如人意，更别提国破家亡的动乱年代。她们朝不保夕，永远不知道意外和明天哪个会先来，就连金枝玉叶的公主都不得不低下高贵的头颅去承受命运给她的苦难。

山月不知心里事
水风空落眼前花

固伦和孝公主

一

乾隆帝 64 岁那年，喜得一女，这是他的第十女。老来再添一女实在是可喜可贺，紫禁城很久没有这样的喜事了。虽说生子是弄璋之喜，生女是弄瓦之喜，但乾隆帝对这个女儿视若掌上明珠，生母惇嫔“母凭女贵”，被封为惇妃。

十公主就是在阿玛疼爱、额娘宠溺、婢女小心翼翼伺候的环境下健康地成长起来的。

紫禁城高墙厚瓦，水清月明，十公主在这里度过了一段非常愉快的时光。乾隆帝很喜欢这个相貌酷似自己的女儿，对她的宠爱是无人不知、无人不晓，惇妃也因此多得了些皇帝的宠爱。可惇妃却开始有些恃宠而骄，她怒气冲冲地打死了一个宫女，这惹得乾隆帝十分不愉快，当即下旨惩戒了惇妃，将其降为嫔。

生母虽然有罪，但乾隆帝不会迁怒于他人，特别是他最疼爱的十公主。十公主年纪虽小，却善骑射、好读书，这样能文能武还不骄纵的姑娘总是特别讨人喜欢。十公主从不仗势欺人，恪守宫规，本分沉稳，小小年纪就已经让人拍手称赞。

处上位者，总是有数不清的烦心事，碰见糟心之事就会忍不住暴怒，乾隆帝也免不了七情六欲。人在暴怒、生气时，是油盐不进的；而帝王一怒，旁人大气都不敢出，唯独十公主例外，只要她一到乾隆帝身边，乾隆帝的恼怒立马就会被抛到九霄云外。也不知道是十公主善解人意，恰好缓解了乾隆帝的脾气，还是她天生就有让人见到再也生不起气来的本事。

就连容妃[1]也对这个年纪最小的公主非常疼爱，也许是性情相投，也许是爱屋及乌。十公主的幼年生活可谓是过得非常愉快。

宋朝时，兖国公主因为得到了仁宗的宠爱，赏赐源源不断，地位堪比皇子。十公主乃惇妃所生，按理应是封为和孝公主，但乾隆帝给了她空前的荣耀，将她加封为固伦和孝公主，位同嫡女。

二

生于深宫，长于深宫的女子，也总有一日要嫁人为妻的。金枝玉叶的公主自然是要嫁给芝兰玉树的才俊。作为乾隆帝的掌上明珠，她被指给了和珅的嫡长子——丰绅殷德。

一个是养尊处优的天之骄女，一个是权臣家的公子，极为登对的一桩婚事，男才女貌、天作之合。

于和珅来说，十公主的下嫁是皇恩浩荡，从此他的家族就紧紧地和皇室联系在一起，他早就笑得合不拢嘴了；于乾隆帝来说，和珅是他宠信的大臣，一举一动都在他的眼皮子底下，十公主嫁给丰绅殷德，他万分放心。

圣旨一下，乾隆帝大笔一挥，赏赐了大量金银珠宝给她。15 岁

[1] 容妃（1734—1788 年），霍卓氏（又作和卓氏），维吾尔族人，传说中“香妃”的原型。

的十公主在一个风和日丽的日子里，盖着喜帕，坐着轿辇，在浩浩荡荡的人马的簇拥下出了宫，进了和珅的府邸。

十里红装，丝竹不绝，这场婚事极尽奢华。长街上挤满了看热闹的老百姓，皇帝的女儿要嫁人，难得凑一次热闹，看看这皇家的排场。

摩肩接踵的人，恭贺道喜的声，十公主在轿子里稳如泰山地坐着。她的额驸出身名门，从出生起就注定不凡，若是不生异数，定然是前程似锦，将来在朝中也能有一番建树。她要帮衬他，同他一起用功做学问，还能时不时红袖添香。

燃得正旺的红烛映得盘子反光，丰绅殷德挑开红盖头就见到了明眸皓齿的十公主，早在宫中就曾见过面的两个人在烛光的映照下相视而笑，这是他们第一次这样近距离地凝视对方，以夫妻的身份。

这段婚事，遂了十公主的心，也称了丰绅殷德的意，上上下下无不欢喜。

三

燕尔新婚的小两口儿，自是如胶似漆。丰绅殷德对她很好，事事以她为重，爱她、敬她，两人琴瑟和谐，羡煞旁人。

十公主好动，喜欢骑马打猎，虽然没有百发百中的本事，但闲暇时总喜欢去猎场转悠转悠。和珅乐见其成，只要她有想要打猎的念头，丰绅殷德定然陪同前往。林深草木青，鹿鸣松鼠蹦。猎场上的十公主一身骑装在身，自有一股英气，乘马同归的二人总是说说笑笑，只抱怨韶华易逝。

游玩是消遣，男儿家读书之事不可废，她常常督促丰绅殷德上进求学，要熟读圣人之书，日后满腹经纶，好在朝中有一番作为。

她喜欢有真本事的男人，不喜欢游手好闲仅凭祖宗荫庇才有个一官半职的庸人。

有爱妻在旁红袖添香，丰绅殷德自是不敢懈怠。他本就天生聪慧、睿智有才，又肯下功夫好好研习，这让乾隆帝和十公主都对他很满意，认为这样的人才将来定大有作为。

奢华富贵的和珅府邸，一草一木都是精心挑选的，和珅的家产富得流油。虽然在乾隆面前他是大红人、天子近臣，但早有风声说和珅中饱私囊，还干了许多上不得台面的事，如今是圣眷正隆，自是平平安安、风平浪静，可将来事态会如何发展，谁又能未卜先知？

十公主忧心忡忡，隐隐为将来担忧。好在他们夫妻二人恩爱无双，虽免不了会产生一些矛盾，但都不过是些小吵小闹。不久，十公主有喜，生下了一个男孩儿。十公主欢欢喜喜地当上了额娘。当上额娘的人总是有操不完的心，丰绅殷德也非常喜欢这个孩子，这是他的嫡长子。初为人父的他哪怕出门在外办公务也一直记挂着家里的贤妻幼子，一家三口的日子过得和和美美。

抚育幼子，体贴丈夫，已为人母的她变得更加温柔。

四

一朝天子一朝臣，嘉庆坐上了龙椅，和珅那些极力隐瞒的事情一一败露，墙倒众人推，一桩桩的罪状、一道道的折子把和珅推向了深渊。

作为出嫁女，十公主自然是要替公公求情的，何况和珅对她素来不错，她为人妻的这几年也没受过公婆的任何冷眼，但是那“罄竹难书”的罪行，实在是罪不可恕，她只能保住和珅留具全尸。

权势滔天的和珅就这样死在了监狱里，丰绅殷德受此打击后，再也振作不起来了。

金山银海不过是繁华一梦，昔日皇上面前的大红人如今下场这般凄惨，丰绅殷德作为和珅的嫡子，自然是从高楼跌入谷底，纵然有额驸身份，纵然有公主陪伴，但还是就此颓废。

颓废，是从云中谁寄锦书来的相思相知到沉迷酒色后的冷淡漠视。她还是皇家公主，不过是从先皇亲女变成了当今皇上的妹妹，依旧有享不尽的荣华富贵；他却随时可能等来一条白绫或者一杯毒酒。

就这样，丰绅殷德不再是那个上进好学的公子哥儿，清俊的面容沾上了放纵颓废的口脂，她只能眼睁睁地看着她那芝兰玉树的丈夫步步跌入深渊，别无他法。

后来，丰绅殷德被嘉庆帝派去乌里雅苏台任职。夫妻相隔两地，她和丈夫越来越远，直到后来再也看不见，那个寓意吉祥富贵的名字最后惨淡收场，未到不惑之年就化作了一抔黄土。

他比她晚一步来到这人世间，却先她一步离开。享不尽的荣华富贵，看不懂的独孤寂寞。固伦和硕公主，尊贵的封号、优渥的环境，让她看起来比谁得到的都多，但失去的也比任何人都多。

身边人接二连三地离开，来了又去，她无力改变，只能等着命运也将她一点点吞噬。

道光三年（1823 年），固伦和硕公主去世，她终于和她的丈夫、儿子团聚了，她死得很安详。

后妃篇

何事秋风悲画扇

吕雉

一

每个阴险毒辣的大灰狼都可能曾是天真善良的小白兔，她们本性善良，可世事险恶、尝遍苦楚辛酸后才明白，只有变成大灰狼才能保护自己不受欺负，于是她们强大到无坚不摧。她们开始毫不手软地收拾那些曾经伤害过她们的人。她们受过的苦告诉她们，对敌人仁慈就是对自己残忍。

汉朝的开国之母吕雉便是这样的女人，她一步步从不谙世事的小白兔变成了恶毒可怕的大灰狼。这一路跌跌撞撞，身边的人都在不断地伤害她，在自强和任人摆布这两条路上，她没有犹豫，坚定地选择了让自己强大，纵然背负骂名，可她这一生并没有后悔过。

风萧萧，水潺潺。为了躲避灾祸，吕公带着女儿吕雉逃去了沛县，吕公同县令素来有些交情。一次，吕公去赴县令举办的宴会，宴会上来了不少宾客，那些人都各怀心思，绝不只是喝酒那么简单。

宴会是分三六九等的，礼金多的自然是贵宾，礼金微薄的，敷衍一下即可。当时刘邦担任泗水亭长，他也来喝酒凑热闹，一进门就大喊，他要写“贺钱一万”。大家都是乡里乡亲的，明白刘邦就是在耍嘴皮子，其实一个子儿都没带。

萧何一见到刘邦又开始胡说八道，赶紧拉住吕公，生怕吕公人生地不熟地信了刘邦的话。他告诉吕公，刘邦这人就喜欢夸夸其谈。可是吕公一看刘邦的面相，就赶紧请他坐上席，夸他贵不可言，还执意要把女儿吕雉嫁给他。

吕雉的母亲怎么也不同意，刘邦比她女儿大了 15 岁不说，还有个私生子刘肥，自己的女儿怎能嫁给这样的市井无赖？吕公却不顾妻子劝阻，执意要让吕雉嫁给刘邦。

古代的婚姻大事，一向是父母之命，媒妁之言。容貌姣好的吕雉在父亲的安排下，只好嫁给了刘邦。一场宴会，刘邦不费吹灰之力就娶了一个如花似玉的老婆。

二

婚后，吕雉任劳任怨，不辞辛苦，她对公婆尊敬有加，对刘邦也温柔体贴，一双纤纤玉手操持家务从不喊苦、喊累。刘邦呢，还是游手好闲，无所事事，好在他们生下了一双儿女，也算是让她的生活有了点儿盼头。

某日，刘邦喝醉误了大事，把囚犯给放走了。吕雉人在家中坐，祸从天上来，莫名其妙地就被抓进了大牢。大牢里阴湿黑暗，她害怕得睡不着觉。幸好有贵人相助，她才得以重见天日。重获自由后，她每日亲手做羹汤，翻山越岭去芒砀山给刘邦送食物。

刘邦也不知道有没有感动得热泪盈眶，吕雉的贤妻良母形象却已是深入人心，刘邦身边的那群好兄弟都知道他有福气，娶了个好媳妇。

后来刘邦起义了，吕雉很高兴，她的丈夫总算是迷途知返要做大事了。她跟着他走南闯北、征战沙场，行军的日子不比在家中，常常食不果腹、挨饿受冻，她只能忍着。她虽然没读过多少书，但是她知道想成大事一定要能吃苦。

可是，刘邦却还是让她失望了。在一次逃亡中，他们一家人坐在马车上紧张不已，后面的追兵紧追不舍，她吓得心脏都要跳出来了，刘邦居然嫌人太多导致马车跑不快，几次三番要把亲生儿女给丢下去，好在身边将士重人情，一直保护着那可怜的一双儿女。父父子子，血浓于水，吕雉看着丈夫这般冷血无情，一颗心也冷了下来。

战场瞬息万变，前一刻还风平浪静，后一刻就血流成河。项羽势力强大，吕雉被项羽抓去做了人质，她待在楚营中叫天天不灵，叫地地不应。两军对峙之际，项羽同刘邦说，要把他父亲给煮了。刘邦居然淡淡地说，那不要忘了分他一杯羹。

她以为她嫁的这个人是个英雄，所以从来都是夫唱妇随，跟着他吃苦，从未有过一句埋怨，没想到他竟如此冷酷无情，父亲、儿子都可以随意丢弃，她的心又结了一层冰。

三

历尽千辛万苦，吕雉终于回到了刘邦身边，项羽自刎于乌江，刘邦称帝，她被封为皇后。

所有人都说，这是苦尽甘来，只有吕雉看着刘邦左拥右抱，心里一点儿都不是滋味。她在楚营过着朝不保夕的日子，他却在外头逍遥快活。

刘邦对着已是蒲柳之姿的她没有半点儿喜欢，他爱上了戚夫人那个如花似玉的大美人。戚夫人终日跟在刘邦身边，哄得他十分高兴。盛宠不断的戚夫人在吕雉面前耀武扬威，还怂恿刘邦废了她的亲生儿子刘盈，改立刘如意为太子。

是可忍，孰不可忍！她忍辱负重这么多年，并不代表她是好欺负的。戚夫人触碰了她的底线，她恨不得杀之而后快，可时机还不成熟，她只能一忍再忍。为了保住刘盈的太子之位，吕雉亲自求助足智多谋的张良，最终，她以“商山四皓”保住了刘盈的太子之位。

夫妻渐渐离心，刘邦的废长立幼之心她记住了，戚夫人的谗言、蛊惑，她也牢牢记在心里，永世难忘。她已经不再是当年那个贤惠善良的小白兔了，经过这么多年，她不再奢望风花雪月，身边人都以利益至上，她也明白了唯有自己强大才是长久之道。

温柔善良的吕雉早已经死在了沛县，她是母仪天下的吕雉。刘邦去世后，她让如花似玉的戚夫人穿着粗布麻衣去舂米，后来残忍地将其变成“人彘”，刘如意也被她杀死。在这场女人的斗争中，她取得了终极胜利。

吕雉从未心软地想过放过戚夫人，当年如果不是她机智聪明，废长立幼成了现实的话，那现在戚夫人恐怕也不会让她好过。成王败寇，自古如此，她只是要那个女人自尝苦果罢了。

所有欺负过她的人，她都要一一报复，她是当朝皇太后，没有人可以再轻视她，如果有，那就让他去见阎王。

四

吕雉一边采取“无为而治”，免除徭役，提倡节俭，一边提拔吕家子弟，排除异己。只有自己人才能用得放心，那些另有图谋的人都被她挥挥手拖出去斩了。

吕雉让外孙女张嫣嫁给亲生儿子刘盈，刘盈懦弱，不敢反抗，可是这舅甥关系，刘盈实在不能接受。吕雉强势专权，刘盈这个皇帝当得不成样子，没活多久便驾崩了。

少帝刘恭继位，吕雉把持朝政，她成了名副其实的天下第一人。没有人敢与她作对，谁敢忤逆她，那就是不要命了。可是，不管多精明能干，都逃不过生老病死。公元前 180 年，吕雉病逝，代王刘恒继位，一颗光芒四射的星星陨落了。

“观其鸩杀如意，糟戚姬，则一毒妇人耳。”都说吕雉是个毒妇，手段狠辣，让人触目惊心。可是，她原本也想想平平静静地过一生，她有过贤妻良母的时光，在家中不辞辛苦，宽待刘肥、操持家务、下地干活、孝顺公婆，从来都没有抱怨过刘邦的不解人意，是生活将她一步步推向了深渊。她平白无故地就被下了大狱，莫名其妙地就被抓去做了人质，没有人怜悯过她。

吕雉以为她真心待刘邦，就能让他感动不已，可是她感动了所有人，他却无动于衷。他冷漠地对她的儿子，无视她的真情，他一颗心只扑在戚夫人身上，就连她的底线也非要去触碰。他一次次的行为一点点地寒了她的心，遍体鳞伤后，她高高竖起心墙，再也不对人开放。

尔虞我诈的后宫，风云莫测的朝堂，她用残忍站稳了脚跟，后来越发离不开“残忍”二字。她做对了不少事，也办了许多糊涂事，功过自有后人说。

李夫人

北方有佳人
绝世而独立

一

在西汉，有太多后妃将一手好牌打得稀烂，比如戚夫人、栗姬，空有一副好皮囊，却没有一个好脑子，从云端跌入泥潭，落得个下场凄凉，令人叹息。当然，也有很多美貌与智慧并存的女人，她们出身卑微，却很会笼络帝心，为自己及家人都博得了一个好前程，比如王娡、李夫人。

最早知道李夫人源于一个成语——倾城倾国，不禁暗暗猜测，这女人究竟是美到了什么程度，竟让年老的汉武帝一听歌曲就忍不住想要亲眼看看？想必是个柔柔弱弱的美人吧，有弱柳扶风之姿，心性单纯，只喜好歌舞。

汉武帝与她，一个是权倾天下的帝王，一个是美丽单纯的后妃，在深宫中上演了一段凄美的爱情，让无数人哀叹这样一个红粉佳人居然红颜薄命。

许多年后，再次看到这个故事，却有了不一样的感悟。深宫中从来没有单纯天真的女人，就算贤良淑德如吕雉，也在深宫中转了性，从天真善良的小白兔变成了心机重重的大灰狼，对付起戚夫人来毫不手软。

在尔虞我诈的后宫，人人都是演员，有太多人扮猪吃老虎。从卑微走到了高位，李夫人也绝非善良天真的小白兔，她是后宫里演技最高的那位，从出场到病逝，都在精心算计，仔细筹划，完美得让人难以察觉那是她精心布置的一场戏。

她短暂的一生如烟花般灿烂夺目，宠冠后宫留下典故不说，李家满门也因她飞黄腾达，还赢得了生前身后名。

二

李夫人出身寒微，因家中都善音律，她自小也跟着学习。她的哥哥本来在宫中是个养狗的宫人，但因善音律得到了汉武帝的赏识，这也为她的受宠做了铺垫。

李夫人从出场就是一场精细筹划的剧，层层铺垫，只为营造一种未见其人，先闻其人的效果。

王夫人（汉武帝宠妃王氏）死后，汉武帝悲伤不已，后宫佳丽无数，却无一人能入他的眼。那时陈阿娇早已退居长门宫，与世隔绝；卫子夫也年老色衰，汉武帝对她只有敬重。无人与汉武帝心有灵犀，他只能寄情于歌舞。

某日，李延年作了一首新曲，特意在汉武帝面前唱到："北方有佳人，绝世而独立，一顾倾人城，再顾倾人国。宁不知倾城与倾国，佳人难再得。"

汉武帝疑惑道："世间当真有如此佳人？"

李延年见汉武帝来了兴致，立马禀告汉武帝，这歌中佳人正是他家小妹。随后，平阳公主献上李夫人，一切便水到渠成了。

若说不是精心布置，怎么可能这样天衣无缝？李延年精通音律，怎就偏偏在汉武帝面前唱了“佳人曲”？平阳公主住在宫外，怎在风驰电掣间就献上了精心装扮的李夫人？李夫人也不简单，如果不是她自愿，亲哥哥又怎会在皇帝面前来这么一出？同为男人，李延年自是很明白男人的心性。

事实证明，效果很好，她的目的达到了，在这前期的造势下，汉武帝一见到她就心动了，也许她并不如歌中那般倾城倾国，可情感到了，一切就都不重要了。她顺利入了宫，宠冠后宫，一时风光无限，李家也随着她水涨船高。

下了朝的汉武帝经常往她宫里跑，有次汉武帝忽然觉得头痒，便顺手取下李夫人的玉簪搔头。后来，这件事就在后宫里传遍了，宫女们纷纷效仿，长安玉价都因此涨了不少。

三

李夫人是个很懂男人心的女人，她知道男子贪恋美色，故在汉武帝面前，她一直精心打扮。她还保持着谨慎低调的性格，因为她知道汉武帝不喜欢嚣张跋扈的女人，所以哪怕宠冠后宫，她也晓得必须夹起尾巴来做人。

到底是逃不开红颜薄命，李夫人不幸染上重病，药石无灵。汉武帝得知消息后，亲自去探望，可她却拒绝见汉武帝，扯了被子蒙住脸，说自己恶疾缠身，容颜憔悴，恐会污了汉武帝的眼。

汉武帝执意要见，李夫人仍旧拒绝，最后汉武帝以利相诱：“若是夫人让我见上一面，定然给你李家兄弟加官晋爵，赏赐黄金千两。”

但李夫人还是拒绝了，她说赏不赏全在皇上的一念之间。

汉武帝不禁觉得很没面子，被女人再三拒绝，再好的脾气也控制不住，他面有怒色，拂袖而去。李夫人的姐妹觉得她怕是病糊涂了，居然敢拂皇上的面子。李夫人却说："皇上宠爱我，是因为我年轻姣好的容貌。以色事人者，色衰而爱驰，我不见皇上，是想让他记住我最美的样子。这样在我死后，皇上也会想念我，我们李家才可以享皇恩啊！"

这番话，现实又清醒，哪怕是在病中，她依然懂得最大程度地利用自己的容貌笼络君心，让汉武帝永远也忘不了她，一直记得他们最好的时光。

"多少人曾爱慕你年轻时的容颜，可知谁愿承受岁月无情的变迁。"她知道汉武帝爱的是她年轻的容颜，所以她不见，哪怕汉武帝生气。她深懂男人心，故而能完美利用男人心为自己、为李家、为后代谋福。

她无疑是正确的。在她死后，汉武帝一直对她念念不忘，伤感地写下一首《落叶哀蝉曲》："罗袂兮无声，玉墀兮尘生。虚房冷而寂寞，落叶依于重扃。望彼美之女兮，安得感余心之未宁？"后又写下抒情长赋《李夫人赋》。

不仅如此，汉武帝还命画师把她画了出来，并将这幅画悬挂在了甘泉宫中，好睹画思人。汉武帝甚至还请方士为她招魂，似梦非梦间写下："是邪？非邪？立而望之，偏何姗姗其来迟。"

其兄李广利资质平平，却被汉武帝封为贰师将军，后来还让他做了海西侯。可惜烂泥扶不上墙，李广利贪生怕死，投降了匈奴。

她充分发挥她的才智，让李家一门因为她而荣华富贵。王夫人也曾风光一时，可到底不及李夫人懂男人心，她的死让容颜停在了最美的时刻，她也成了汉武帝心头的朱砂痣。

四

千呼万唤始出来的出场，死得绚烂静美的结局，一步一步，李夫人走得都很稳。都说女人心海底针，但她的心机不是一般人可以达到的。

在深宫里的那些年，李夫人小心翼翼，低调做人，即便荣宠傍身，也从未恃宠而骄。素来宠妃皆会树敌三千，她却不骄不躁，凭借智慧、贤良赢得了好名声。

临死时，她将男人心看得很透彻，知道怎么做才是最好的。她以退为进，坚持拒见汉武帝，让汉武帝一生都无法忘记初见她时那倾城倾国的模样。

这样一个工于心计的女子是可怕的，你永远不知她温婉一笑的背后是不是笑里藏刀，你也无法从她的言谈举止来揣测她内心的想法，甚至不知道她对汉武帝到底是真情还是假意。

可我们对这样一个女人却恨不起来，因为她自始至终都没有伤害过别人，也从未戕害过后宫妃嫔。

她的精打细算、仔细筹划都是为了让自己更好地活着，为了让家人升官发财、家族荣华富贵。你可以说她自私自利，却不能骂她祸国殃民。

她的一生，活得清醒、看得明白，她知道什么是可以去争取的，晓得什么是不该去妄想的。所以聪慧如她，虽死犹生，一直活在汉武帝心中，倾城倾国。她的家人也因此得到了汉武帝的信任与重用。

“生如夏花之绚烂，死如秋叶之静美。”她用一生诠释了这句诗，惊艳出场邂逅天子，悄然离去，留下一地的哀伤。

借问汉宫谁得似
可怜飞燕倚新妆

赵飞燕

一

卫子夫从一介歌女飞上枝头变成了凤凰，她的传奇让世人知道皇帝喜欢比什么都重要。人们羡慕她的好运气，妙龄女子也梦想着能复制卫子夫的传奇，可她们忽略了卫子夫被逼自缢、下场凄凉的结局。

几朝后，有个名叫赵飞燕的女子完美复制了卫子夫的上位经历，不过她学得四不像，也不如卫子夫善良得民心，最后画虎不成反类犬，落得个自杀身亡。

时间退回到汉成帝年间，那时的大汉朝已经在走下坡路了，汉成帝面对内忧外患的局势并不如明君一样励精图治，他沉迷于声色犬马，畅快自得。

一日，汉成帝出宫去阳阿公主府游玩，阳阿公主赶紧叫府上的美人前来献舞。赵飞燕就在这个时候出场了，她舞姿轻盈、腰肢纤细、衣袂飘飘，汉成帝看得眼睛都直了，立马打定主意，要接这美人回宫。

阳阿公主乐见其成，赵飞燕出自公主府，日后万一像几朝前的卫皇后那样母仪天下了，那她这个做公主的自然少不了好处。总之，左看右看，她都不亏。

花容月貌的赵飞燕被汉成帝带进了皇宫，望着琼楼玉宇，她看到了光明就在前方。她在公主府耳濡目染也知道了不少皇宫事，也晓得男人一些心思，后宫佳丽三千，笼络君心一定要与众不同。

为了让汉成帝记住她，赵飞燕一连三天都拒绝了汉成帝的召幸，弄得汉成帝心猿意马，深深记住了这个撩得他心痒痒的美人儿。

二

“一枝红艳露凝香，云雨巫山枉断肠。”汉成帝被赵飞燕迷得神魂颠倒，赵飞燕也常常跳舞给他看。她的掌中舞，后宫无人能学，足尖轻点，似弱柳扶风，旋转间又如天女散花。后人云：“掌中舞罢箫声绝，三十六宫秋夜长。”

某日，她翩然起舞时，大风忽作，身姿轻盈的她仿佛要随风而去，汉成帝吓得赶紧吩咐左右侍女拉住她的裙子，这拉扯间裙摆就留下了褶皱，居然有种意外的美感，从此宫中便盛行这种褶皱裙，取名为“留仙裙”。

赵飞燕在专房专宠下，并没有被快乐冲昏头脑。君王之爱难以长久，她必须找一个人来帮自己，稳固帝宠，想来想去，她决定让妹妹赵合德入宫，两人一起侍奉汉成帝。

她与妹妹赵合德出生后就被父母抛弃，幸得上天眷顾，三天不死；其后，父母又将她们抱回。从小到大，她们从来没有分开过，妹妹娇憨可人，想来汉成帝定会喜欢。

有了主意后，赵飞燕立马告诉汉成帝，她有个妹妹比她还美。汉成帝一听这话就来了兴致，赵飞燕已经是倾城倾国之姿了，这比她还略胜一筹的美该是什么样啊，他有些迫不及待了。

之后，赵合德入宫，赵氏姐妹牢牢拴住了汉成帝的心。她们为了争宠，将息肌丸塞入肚脐，两个人肤如凝脂、媚眼如丝，汉成帝被迷惑得根本无心朝政。

君恩有了，接下来就该要地位了。赵氏姐妹联手陷害许皇后行巫蛊之术诅咒后宫妃嫔，汉成帝怒火冲天，二话不说就废了许皇后。随后两人一起挤总班婕妤，逼得班婕妤只得请旨去侍奉王太后。

一切都按照她们期望的样子发展着。永始元年（公元前 16 年），汉成帝册封赵飞燕为皇后，赵合德为昭仪。

当上皇后的赵飞燕欣喜若狂，住在富丽堂皇的宫殿里，她拊掌大笑。

三

渐渐地，赵飞燕就笑不出来了，汉成帝越来越少地想起她，一颗心只扑在她妹妹赵合德身上。她体形较小、腰肢纤细，初见惊艳，见多了也索然无味；赵合德丰腴多情，娇媚可人，别是一番风情，初见惊人，再见更是只愿长卧美人怀。但姐妹之间不分你我，看到妹妹赵合德受宠，她也……开心。

比起争宠，她有一件更重要的事要做，那便是生子。可她费尽心思却发现自己与妹妹怎么也怀不上孩子，究其缘由，竟然都是息肌丸惹的祸。息肌丸能让她们永葆青春，可也伤了身体，再多的悔恨也于事无补，她只能另做打算。

当赵合德逼迫汉成帝杀害许美人及曹宫之子[1]时，赵飞燕正在假装怀孕，她计划从民间寻个婴儿来冒充皇子。“怀孕”的赵飞燕

[1] 曹宫，字伟能，汉成帝时的官婢，被汉成帝所幸，生下一子。后来，母子皆被杀。

听到妹妹赵合德做这件事后有点儿惊愕，不过并未干预。

赵飞燕想得很明白，等这个孩子“出生”了，她就好好教养，不是亲母子又如何，她会给那孩子太子之位，这是何等荣幸。可千算万算还是发生了意外，她只好遗憾地对汉成帝说自己小产了。汉成帝安抚了她一番，随后又搂着赵合德笑嘻嘻地走了。

正当赵飞燕为了子嗣之事愁眉不展时，定陶王刘欣来了京城。傅太后许了她很多好处，说她只要帮助刘欣坐上太子之位，日后一定让刘欣好好孝敬她。赵飞燕心动了，这诱惑太大了，她没办法拒绝。汉成帝膝下无子，若是刘欣当上皇帝，那她就有拥立之功，定能再享荣华富贵。在赵氏姐妹的筹划下，汉成帝册立刘欣为太子。

顺风顺水的一条路，赵飞燕笑得很得意，她觉得自己太有智慧、太会筹划了，穿着锦衣华服，她站在城楼上吹着和风，只有一个感觉——心旷神怡。

绥和二年，汉成帝忽然去世，朝中一片哗然，纷纷将矛头指向赵合德，赵合德撑不住压力选择了自杀。这一切来得太快，快得让赵飞燕措手不及，不过她在这场巨变中毫发未伤，还因为有拥立之功被刘欣封为皇太后。

可富贵日子没过几年，王莽上台，将赵飞燕贬为庶人，让她去看守皇陵。赵飞燕无法接受从天上跌落到泥潭的打击，她已经骄傲了那么多年，被贬为庶人，这于她来说比打她十个巴掌还要难受，于是，她选择了自杀。这真是，富贵人生各有时，凤凰也做了土。

四

“宫中只数赵家妆，败雨残云误汉王。惟有知情一片月，曾窥飞燕入昭阳。”赵飞燕的一生跌宕起伏，有过荣华，也有过落魄。

从一个舞女变成位居中宫的皇后，她很幸运，也很懂得博取君恩。从高高在上的皇太后变成一介庶人，她很悲哀，却自始至终都不懂得笼络人心。

假如她能在受宠之际向卫子夫学习，劝诫汉成帝要雨露均沾，宽厚仁和地对待六宫妃嫔，乖巧懂事地告诉汉成帝不要荒废朝政，那么她又怎么会沦落为大臣口中的红颜祸水，又怎会落得这样一个凄凉下场？

又或者她当上皇太后时，能够向吕雉、窦漪房一样学点儿政治，懂点儿朝政大事，也不至于空有皇太后之名而无皇太后之实，只能做个任人宰割的女人。

杜牧在《阿房宫赋》中劝诫唐朝统治者应当以史为鉴，莫延续秦朝过错，他说："后人哀之而不鉴之，亦使后人而复哀后人也。"对于后宫妃嫔来说，这个道理同样适用。妹喜、妲己、褒姒，这些纵容君王荒淫的妃嫔、只懂及时行乐的女人，哪一个不是为人诟病，被骂祸国殃民。

赵飞燕不懂得以史为鉴，也懒得学习卫子夫，她鼠目寸光，只看得见眼前的利益和权势，一直放纵，一路沉沦，也就只能落得个"遗臭万年"，被人编派个没完没了。

而在她之后，又有多少妃嫔还是不懂得以前人为鉴，亦使后人而复哀后人呢？

阴丽华

金风玉露一相逢

便胜却人间无数

一

最早知道阴丽华与刘秀的故事源于一句：“仕宦当作执金吾，娶妻当得阴丽华。”这句话很普通也很简单，并不如白居易的“在天愿作比翼鸟，在地愿为连理枝”艺术成就高，可就是这样一句通俗易懂的话，让我记了很多年。

一见钟情并不稀奇，一往情深也并不新鲜，很多故事开始都是两情相悦，最后却敌不过情深不寿。寻常男子逃不开“二三其德”；王侯将相总是喜新厌旧；帝王更是只见新人笑，不闻旧人哭。刘秀却是其中另类。年少清贫时，他爱上了门不当户不对的阴丽华，后来阴错阳差当上了皇上，不仅没有忘记阴丽华这个“糟糠之妻”，而且对她始终如一。为了安抚她特意下诏书，南征北战每次都带上她，最后还给了她皇后之位。

很喜欢这样一个皆大欢喜的爱情故事，佩服刘秀的“君子一言，驷马难追”，也羡慕阴丽华嫁对了人，可总是对这个几近“圣母”的女人有些同情。

原配妻子将皇后之位拱手相让的气度不是一般人可以做到的，

屈居人下的苦也不是两三天就说得清的。

贤德，是一种夸赞，也是一种旁人不知的隐忍。

二

阴丽华生于新野，家境富裕，乃名相管仲之后。刘秀乃刘邦的九世之孙，虽有皇室血统，可经过层层分封下来，到了他这儿已经和普通百姓无异。偶然一次相遇，刘秀就对阴丽华一见钟情了。他大胆地说出了自己的梦想："仕宦当作执金吾，娶妻当得阴丽华。"

这样的梦想在别人看来是可笑的，阴家富贵到可以与诸侯王相提并论，这样的人家嫁女定会讲究门当户对，刘秀只不过是一个种田郎，肯定没戏。很多人嘲讽刘秀是"癞蛤蟆想吃天鹅肉"，但刘秀毫不在意。

那时王莽专权，天下大乱，刘秀跟着哥哥刘縯一起加入了绿林军，终结了王莽新政。足智多谋的刘秀得到了更始帝刘玄的赏识，可更始帝居然将他哥哥杀死了。刘秀悲痛万分，但也只能隐忍，他力量薄弱，与更始帝对抗无异于以卵击石，他不能意气用事。

随后，刘秀因功被封为武信侯。建功立业后，刘秀想起了成家这件大事。他的梦想没有变，29岁的他依然要娶阴丽华，阴家同意了。

新婚之夜，刘秀见到面如芙蓉的阴丽华笑得很满足，洞房花烛夜美得不真实。

刘秀的故事告诉我们，梦想还是要有的，万一哪天就实现了呢？

两人浓情蜜意三个月后，刘秀就被更始帝调去洛阳，阴丽华回了娘家安心等刘秀归来。

刘秀在战场上英勇果敢，阴丽华在娘家为丈夫祈祷平安。刘秀注定是位面之子[1]。在真定一战中，他派部下游说刘扬。刘扬被说动了，可到底还是不放心，除非刘秀愿意娶他的外甥女郭圣通，没有什么比姻亲关系更让人放心的了。刘秀听到这个消息后，当即不悦，立马表示不同意，说他不能辜负阴丽华。

三

建功立业的路上总有许多迫不得已，刘秀最后在部下的劝告下还是妥协了，娶了郭圣通。

这是一场政治联姻，他心知肚明，他会尊重、保护郭圣通，但仅此而已。早在很多年前，他就打定主意一生只爱阴丽华。

有了刘扬的支持，刘秀的建功立业之路走得更加顺畅了。公元25年，刘秀称帝。当上皇帝后，刘秀立马派人接阴丽华来到宫中，阴丽华被封为贵人，与郭圣通一样。

初到皇宫，阴丽华见到了美丽的郭圣通以及她为刘秀生下的儿子。刘秀将始末事无巨细地告诉了她，她知道了他当时的无奈与妥协。刘秀说一定不会辜负她，要封她为皇后。

他的真情，她知道。可她不能当皇后，郭圣通陪他南征北战这么多年，家族也有拥立之功，还为他生下了孩子，而她什么都没做，如果刘秀执意立她为后，恐怕难以服众。她辞谢了刘秀的好意，刘秀看着这个自己曾经梦寐以求的女人如此为他考虑，感动得热泪盈眶，他一定会好好补偿她。

随后，郭圣通被封为皇后，其长子刘疆被册立为太子。郭圣通对谦虚有礼的阴丽华表示感谢。

---

[1] 位面之子是形容一个人的运气（或气运）特别好，如同受到整个世界的眷顾。

身为贵人的阴丽华还是和许多年前一样，事无巨细地关心刘秀。瞧着发妻如此用心低调，刘秀越发愧疚，他给阴丽华的实在是太少了，哪个女人不想光明正大地站在夫君身旁呢？阴丽华是他明媒正娶的妻子，却要委曲求全地向郭圣通行跪拜礼，这都是他的错。除了加倍疼爱她，他真的不知道如何是好了。此后，刘秀征战沙场必带阴丽华，他要和她朝朝暮暮。

公元 28 年，阴丽华生下了她与刘秀的第一个儿子——刘阳（后改名刘庄），也就是后来的汉明帝。刘秀高兴坏了，他不是第一次做父亲，却是第一次这么欣喜若狂。

日子很长，他们的孩子一天天地长大了，他们也渐渐变老了。

四

刘秀以柔治国，崇尚儒道，注重与民休息，国力日渐强盛，天下百姓安居乐业。可总有意外发生，这意外还偏巧就发生在了阴家。阴丽华的母亲、弟弟居然被盗贼杀害了，得到消息的阴丽华痛哭不已。

为了宽慰心爱之人，刘秀破天荒地颁布了一道诏书：“吾微贱之时，娶于阴氏，因将兵征伐，遂各别离。幸得安全，俱脱虎口。以贵人有母仪之美，宜立为后，而固辞弗敢当，列于媵妾。朕嘉其义让，许封诸弟。未及爵土，而遭患逢祸，母子同命，愍伤于怀。《小雅》曰：‘将恐将惧，惟予与汝。将安将乐，汝转弃予。’风人之戒，可不慎乎？其追爵谥贵人父陆为宣恩哀侯，弟欣为宣义恭侯，以弟就嗣哀侯后。及尸柩在堂，使太中大夫拜授印绶，如在国列侯礼。魂而有灵，嘉其宠荣！”

他直白地说出阴丽华曾辞让皇后之位，让天下人都知道阴丽华是何等贤德大方。他是不鸣则已，一鸣惊人，表白起来，震惊朝野。

郭圣通听到这道诏书的内容后勃然大怒，刘秀居然这样打她的脸！她知道自己的皇后之位是阴丽华让的，她很感激，可刘秀竟昭告天下，这让她的脸面以后往哪儿搁？后来也不知道郭圣通干了什么事，刘秀干脆废了她，立阴丽华为后。

历史上，许多被废皇后多是因为无子或者巫蛊之术，因为帝王一句“无后妃之德”就被废的，郭圣通还真是第一人。不过刘秀也没有亏待她，封了她一个中山王太后，就让她陪儿子去封地颐养天年了。

阴丽华宽容大度了十多年，兜兜转转终于登上了后位，他们二人比肩而立，一起接受朝臣的跪拜。望着依旧英俊的刘秀，阴丽华露出了欣慰的笑容。

看到母亲被废，刘疆多次提出要让出太子之位，在战战兢兢地生活了几年后，刘秀答应了他的请求，随后阴丽华的长子刘阳被封为太子。各归其位，豁然开朗。

阴丽华的鬓角已经有了白发，刘秀却怎么看也看不烦，两个人一直恩爱到老。

五

阴丽华的故事平淡温馨，说不出哪里好，就是莫名让人感到温暖。

《圣经》里说：“爱是恒久忍耐，又有恩慈；爱是不嫉妒，爱是不自夸，爱是不狂妄，不做害羞的事，不求自己的益处，不轻易发怒，不计算他人的恶，不喜欢不义，只喜欢真理；凡事包容，凡事盼望，凡事忍耐；爱是永不止息。”

阴丽华对刘秀的爱便完美诠释了这段话。她聪慧谦逊，能看清形势，知道以国家为重。从正妻沦为妾的身份，她心甘情愿，她明白自己隐忍、大度、宽容是为了谁。

事实证明，她没有看错人。那个在她年少时就脱口而出以娶她为目标的少年郎，用一生的行动实现了诺言，虽然过程有些波折，可是终得圆满。

她的人生算得上圆满无缺。少时富贵有人追，青年时有全天下最英俊的男人真心相待，中年时母仪天下，老年时有孝顺儿子小心侍奉。

除了人生赢家，还真不知能用什么词来形容她的幸福人生了。

羊献容

春花秋月何时了
往事知多少

一

她的一生是个传奇，处在乱世，经历五废六立，荒唐又幸运。

她生前身后饱受诟病，历经两朝，起起落落，最后还是母仪天下。

她的两任丈夫都对她十分宠爱，前一个是西晋著名的白痴皇帝司马衷，后一个是建立前赵政权的刘曜。

她是惠帝皇后羊献容，也是献文皇后羊献容。两层身份，两种人生。

羊献容本是个大家闺秀，与皇室沾不上什么边。她曾有过年少不识愁滋味的少女时光，但被“八王之乱”的参与者之一——赵王司马伦搅乱了她的整个人生。

西晋的兵荒马乱是没有办法粉饰太平的。公元 300 年，赵王司马伦用一碗毒药毒死了晋惠帝第一任皇后贾南风。随后，后位空缺，司马伦就准备给晋惠帝挑个新皇后，这个重任落到了司马伦的宠臣孙秀身上。贾南风给他们这些皇子、臣子的印象太深刻了，那个女人嚣张跋扈、手段狠毒，不仅戕害妃嫔，还谋害太子。她长得又矮又黑又胖，还善妒狠辣，简直是人神共愤！

贾南风的“前车之鉴”让司马伦、孙秀皆心有余悸，这次他们要挑个温柔贤淑的，绝不能像贾南风那样。孙秀左思右想，在结交的朋友里仔细考量，最后选定了羊玄之之女羊献容。

她的皇后之位是司马衷亲封的，却不是他选的，乱世中，司马衷不过是个傀儡皇帝而已。

二

女子出嫁本是件可喜可贺的事情，对羊献容来说却是不怎么愉快的回忆。

锣鼓震天，丝竹连绵，凤冠霞帔的羊献容搭着丫鬟的手慢慢上了花轿。可忽然之间，羊献容的嫁衣竟着火了，谁也不知道火是从何而来，慌慌张张的婢女们扑灭了那火。

幸好，火势不算太大，嫁衣也未烧毁，羊献容毫发无伤地坐上了花轿，被送进了皇宫。

嫁衣燃烧是不祥之兆，是上天给羊献容的警示，可她除了顺从旨意别无他法，当皇后是她想拒绝也拒绝不了的宿命。

羊献容一进宫就得到了晋惠帝的宠爱。有贾南风那个丑若无盐的女人在前，国色天香的羊献容简直让晋惠帝乐晕了，晋惠帝很满意这桩婚事，很满意新皇后。

羊献容是无奈的，她不喜欢晋惠帝这个居然说出“何不食肉糜”，这个完全不知百姓疾苦的痴傻男人。可她必须得与晋惠帝生儿育女，荣宠不断下，她为晋惠帝生下了清河公主。

皇帝是傀儡皇帝，皇后也不过是摆设而已。她没什么天下可母仪，说出口的话威慑力还不及赵王司马伦吐得一口唾沫。

公元 303 年，成都王司马颖废羊献容后位，将她贬为庶人。

同年 7 月，东海王司马越恢复羊献容后位。

没过多久，张方率军进兵洛阳，废羊献容后位。

弹指一挥间，羊献容在长安又恢复了皇后之位。

废废立立，她从刚开始的惊愕、震惊到了后来的宠辱不惊。她不过是各方势力角逐下的陪衬而已，她的皇后之位是胜利者的恩赐。废黜她的皇后之位，不过是后一个战胜者向前一个战胜者耀武扬威而已。

这事情还没完没了了，张方是善变的。公元 305 年，他又一次废了羊献容。

同年，平西将军周权又尊羊献容为后。

立谈之间，洛阳县令何乔打败周权，再次废了羊献容。

这样废废立立的日子让她很疲惫，每天醒来她不知道面对的将是废后的旨意，还是手掌凤印。

公元 307 年，晋惠帝中毒身亡，司马炽即位，尊她这个嫂嫂为惠帝皇后。弘训宫里，羊献容沉默寡言，起起落落的经历让她变得认命。

三

风雨飘摇的日子里，羊献容不敢奢望什么岁月静好。西晋王朝已经走入末路，“八王之乱”将这个本就不阜盛繁华的王朝搞得乌烟瘴气。

公元 311 年，北方匈奴将领刘曜包围了洛阳城。随后，一举攻下了长安城。

长安城破，刘曜在后宫见到了已年过三十的羊献容。四目相对的那一瞬，骁勇善战的刘曜心动了。羊献容已经不是十七八岁的小姑娘，可岁月对她格外宽容，她的美貌俘获了刘曜的心，她的屈辱命运就此结束。

公元 318 年，刘曜称帝，那时刘曜的原配夫人卜氏已经逝世，他力排众议封羊献容为后。她是一位前朝皇后，而他是一个匈奴英雄，他们之间有着云泥之别。他顶着各方压力，将她推上了皇后的宝座。这一次，她不再是花瓶皇后，她下的旨意无人敢不听。

刚开始时羊献容也是无法接受的，她受的教育让她没办法对灭她国的刘曜和颜悦色。可刘曜给了她现世安稳，给了她至高无上的权力，给了她无人能及的宠爱，她在与他的朝夕相处中，对他动了心。

有一回，刘曜问她："我和司马衷相比如何啊？"这大概是每一个现任都会纠结的问题，更何况是一个帝王。

羊献容坦诚道："你与他怎可相提并论？你是开国之主，他是亡国之君，他手无缚鸡之力，连自己的妻儿都无法庇护。而你，在我心灰意冷之际给了我希望，让我觉得生活还可以这样美好。"

刘曜仰天大笑，羊献容接着道："遇见你之前，我以为普天之下所有男子都一个样；遇见你之后，我才知道何为大丈夫！"

这本是夫妻之间的情话，却被传开了。羊献容这"瞎说"的大实话也惹怒了很多人。他们怒气冲天，这皇后被掳去匈奴，不以身殉国也就算了，居然还敢乐不思蜀。普通女子被敌国抓去哪个不是哭哭啼啼、抱怨连天，就连于国家有功的王昭君都免不了有怨声，这羊献容怎么如此恬不知耻！他们义愤填膺，把羊献容骂得狗血淋头。

原来她的荣华满身，是耻辱、是罪恶、是不忠。

四

这段让她背负骂名的话，哪一句不是实话实说，哪一句是添油加醋的？

在西晋，她是傀儡皇后，一个花瓶、一个符号而已，换成谁都可以做。司马衷愚钝、无才，完全不知苍生疾苦。他身为帝王却不能真正地发号施令，懦弱无能到连自己的妻子都保护不了，一个区区的县令都可以把她废了，简直可笑至极。她在起起落落间，对司马衷由刚开始的失望到后来的绝望。刘曜的出现让她理解了“绝处逢生”这个成语，她在瓢泼大雨下淋得太久了，刘曜为她撑起了一把伞，让她看到了希望。

他力排众议封她为后，说一不二、一言九鼎；他不嫌弃她曾经侍奉过司马衷，对她宠爱至极。他尊重她、理解她、保护她。在他身边，她安稳幸福，再也不用忧心忡忡、担惊受怕。皇后之位今天是她的，明天还是她的，只要她活着，她就能天天母仪天下。

她的心情，没有切身经历过的人是无法感同身受的。对她的骂声中，又何尝没有嫉妒之声？

她似是天生注定的凤凰命，故国不再，她的风光却更甚从前。历经五废五立后，她浴火重生，书写了五废六立的传奇。

历史有时远比电视剧精彩，电视剧有结构框架，遵循逻辑顺序、时间顺序，普通观众看到一半总能大致猜出人物的结局，可历史却往往一声招呼也不打，让人常常感到出乎意料。

这个两朝皇后带着荣辱与悲哀，她跌宕起伏的一生，刺激到让人望而却步。电视剧再构思精巧也不及她的五废六立让人诧异震惊，那是措手不及，又荒诞无稽。

西晋远了，前赵也远了，她的传奇随她一起埋葬在了春花秋月里。

美人如此多娇

冯小怜

一

北齐的皇帝就是个传说，身上永远贴着三个标签：残暴、荒淫、昏庸。作为亡国之君的高纬更是用他短暂的一生完美地诠释了这三个词。他懦弱残暴、荒淫无道、沉迷女色，后宫美人走了一批又来了一批，每一个都留不住他的心。

当高纬接连宠幸董昭仪好几个月时，皇后穆邪利感觉情况不妙，她不怕皇上左拥右抱，就怕他专宠一人啊。曾为侍女的她，亲眼看到自己前面的两个皇后从盛宠到被废，她深深明白君王是多么喜怒无常。穆皇后愁眉不展，终日想着怎么将董昭仪拉下水。

这时，跟在穆皇后身边伺候的冯小怜发现了主子的担忧，她思忖一番，便禀告穆皇后，说她愿意伺候皇上。穆皇后觉得冯小怜的这个提议很不错，冯小怜素来乖巧懂事，还有一手按摩的好本事，穆皇后身子疲倦时，只需冯小怜按摩片刻便通体舒服，这本事想必皇上也会喜欢。

梳妆打扮后，冯小怜穿着轻裳来到穆皇后跟前，穆皇后满意地点点头，随即将她献给了高纬。高纬一见冯小怜，眼睛都直了，这明眸善睐、素齿朱唇的美人儿，他怎么往日就没发现呢？

冯小怜一出场，那些什么董昭仪、左娥英、右娥英，统统都被高纬抛之脑后了。穆皇后这一招确实是高，不过她也没有得到什么好处，仍旧过着失宠的日子。她原本想让冯小怜替她笼络君心，哪知君心从此沦陷在冯小怜身上，她还差点儿丢了皇后之位。

二

冯小怜善弹琵琶，喜好歌舞，和高纬素来喜欢的女子是一个类型，但是她和高纬后宫中的那些美人儿又不一样。她肤如凝脂，梨面柳腰，身子冬暖夏凉，柔弱无骨，高纬见了，笑得合不拢嘴。

冯小怜被高纬封为淑妃，赐住隆基堂。冯小怜对隆基堂不太满意，因为那里曾经住过风光一时的曹昭仪，后来曹昭仪参与巫蛊之术被赐死。晦气！不过天子之命她不能违抗，只得命人将那里修缮了一番，这才住了进去。

她受宠的程度远远超出她自己的想象，高纬本就是个不着调的皇上，碰上冯小怜之后更是我行我素。他与朝臣议事时，常把冯小怜带在身边。大臣在一本正经地禀告国家大事，高纬却旁若无人地搂着冯小怜亲热，这让朝臣很尴尬。

刚开始，冯小怜还是个纯情的少女，只知道乖巧地伺候皇上，但受宠久了，脾气也就养出来了，开始恃宠而骄。

她知道高纬喜怒无常、残暴昏庸，但他从来不伤害她，反而对她百依百顺，这让她惊讶又欣喜。

公元 576 年的某日，她跟着高纬出去打猎，猎场天蓝树绿，鸟兽众多，她看着高纬猎了一样又一样，笑得十分开心。他们在这头畅快欢闹，周军却在那头节节逼近。

当时，周齐两国交战，周军正在攻打平阳城，晋州危急，晋州一日差了三人来报信。黄昏时，高纬才得空见了使者，本打算派兵前去援救，可冯小怜正在兴头，高纬实在不忍扫她的兴，于是他们二人就在猎场快活地欢闹了一天。他在冯小怜的笑声中忘记了君王的责任与担当。

三

周军步步紧逼，齐军节节败退，城池几经沦陷。

高纬携冯小怜到了晋州战场，他命令士兵挖地道向城里的周军发起猛烈攻击。正当齐军打得兴奋时，高纬让齐军暂缓片刻，他要邀冯小怜一同欣赏齐军攻城的猛烈、骁勇。

可冯小怜正忙着梳妆打扮。她不慌不忙地涂着胭脂，慢悠悠地梳头换衣。她这梳妆打扮的时间，如流水匆匆而逝，可周军却趁机加大防护，就这样，齐军失了时机，城池也彻底拱手相让。

从前齐国还有个骁勇善战、让人闻风丧胆的兰陵王，可高纬一杯毒酒送他上了西天。此后，齐军越来越弱，周军越来越强大。

城池一座座地沦陷，冯小怜跟着高纬东躲西藏，可他们逃去哪里，周军就追到哪里。最后，周军活捉了高纬一干人等，北齐国灭，他们都成了亡国奴。

高纬向北周武帝宇文邕提出了个请求，他希望能让冯小怜留在他身边。宇文邕想都没想就答应了，不过是个无关紧要的女人，高纬想要就给他好了。冯小怜得以继续陪在高纬身边。但此时，她已经不是淑妃娘娘了，他也不再是权势滔天的皇上。他们没办法再挥霍无度，也不能率性而为。在北周，他们低下了高贵的头颅。

亡国之君的生死不过在新皇的一念之间，宇文邕可以让人好吃好喝供着高纬，也可以让他下去见阎王。公元577年，高纬死在北周，这个荒唐的昏君结束了他21岁的生命。

身为女子，冯小怜的去向不过是宇文邕的一句话而已，她没有说不的权力，她就被赐给了代王宇文达。

有了新归宿的冯小怜没有沉浸在高纬离世的痛苦中，她非常懂得审时度势。既然她做了宇文达的女人，就要好好争宠。宇文达喜欢她，她才能过上好日子。

宇文达喜好骑射，她从前跟着高纬时也学了一些，两个人交谈起来十分愉快。宇文达渐渐地也爱上了冯小怜，对她的宠爱超过了府上的其他女子，这引起了李氏的嫉妒。两女相争，冯小怜毫不手软，她污蔑中伤李氏，让宇文达对李氏恼怒得很。这场争宠之战，她赢得毫不费力。

四

虽说宇文达十分宠爱她，但比起高纬那是万万不及。某日，冯小怜再次弹起琵琶，她不禁想起昔日与高纬在一起的快乐时光，那时她要风得风，要雨得雨。如今琵琶声依旧，君王却已命丧黄泉。一时激动之下，琴弦断了一根，她伤心地写下："虽蒙今日宠，犹忆昔时怜。欲知心断绝，应看膝上弦。"

在齐宫时，她集三千宠爱于一身，高纬对她百依百顺，而今斗转星移，物是人非，无语凝噎。荣华不过弹指之间，君恩也不过是一眨眼。北周国破，隋朝建立，她被隋文帝赏赐给了李询。这李询正是从前和她争宠夺爱的李氏之兄，落到他手上，冯小怜知道自己不会有什么好下场。

李询对这个臭名昭著的美人没有半点儿怜惜之情，他让她穿着粗布麻衣，干一些粗重的活。李氏的母亲得知这个消息后，就立马想为女儿出气，冯小怜在她的诬陷下被迫自杀。一代宠妃就这样长眠地下。

从精通按摩的小宫女到宠冠后宫的冯淑妃，她走得顺风顺水，一路畅通无阻；从亡国之奴到几经被赏赐给他人，沦为玩物，她过得有喜有悲。

高纬成了后世引以为鉴的昏庸帝王，冯小怜成了祸国殃民的妖妃，两个人一直被人骂个没完没了。晚唐时，李商隐听闻此事，借古喻今，写下："一笑相倾国便亡，何劳荆棘始堪伤。小怜玉体横陈夜，已报周师入晋阳。"由此产生了一个成语：玉体横陈。

古人总喜欢将亡国的罪名归到女人的头上，在他们的眼中，君王的昏庸无道都是因为妖妃的谗言蛊惑。这些女人妖媚、邪恶，喜欢用谗言迷惑君王，君王才变得荒废朝政。美色成了君亡荒淫无道的借口，"红颜祸水"仿佛成了亡国之君的遮羞布。

如果君王都能像唐宗宋祖一样励精图治、勤政爱民，哪里还会有古代四大妖妃之说，哪里还会有对冯小怜"玉体横陈"的讽刺？那她与高纬或许就能如汉武帝和李夫人一样流芳百世，成为一段佳话。

梅妃

朔风如解意

容易莫摧残

一

那是很久之前的长安，旭日东升，歌舞升平，唐玄宗勤政爱民，为人称颂。

后宫中美人数以千计，绝色倾城的美人都在等着唐玄宗宠幸，但是唐玄宗最爱武惠妃。虽然武惠妃工于心计，唐玄宗却仍对其宠爱有加。

那时候的唐玄宗，江山在握，美人在侧，天下英才尽在朝堂，他忙碌又快乐，过得极为畅快。可惜好景不常在，武惠妃病逝后，唐玄宗黯然伤神，高力士急了，连连选美充盈后宫。虽然那时后宫里的佳丽已经不止三千，许多宫女至死都未能得见天颜一面，但为了让唐玄宗尽快从悲伤的情绪中走出来，高力士亲自把关，奔赴多地选美，希望有一个美女能让唐玄宗重展笑颜。这时，一个来自闽地的女子入了高力士的眼，她被高力士带回皇宫，进献给了唐玄宗。

这个女子就是梅妃，名叫江采萍，九岁能诵《诗经》，十四岁能吟诗，最喜欢大雪纷飞时节那凌寒独自开的梅花，她欣赏梅的傲骨铮铮、坚贞不屈。

“冰雪林中著此身，不同桃李混芳尘。”气质非凡的江采萍一下子就得到了唐玄宗的宠爱，她是那般清新脱俗、蕙心纨质，与后宫中那数不胜数的佳丽截然不同，她的出现抚平了唐玄宗的皱眉。

她说百花中独爱梅，唐玄宗立马差人将她住的宫殿周围都种上梅树，待到百花开过后，她在那梅林中穿梭，美得动人。

他执起她的手，笑得很满足。下朝后，他常常来她的梅阁跟她说说话，情到浓时，他喊她“梅精”，她低头轻笑。

二

宫中富丽繁华，丝竹管弦连绵不绝，她精心创作了一曲《惊鸿舞》，在唐玄宗面前翩翩起舞。那轻盈曼妙的舞姿、盈盈一握的腰身，她眼波流转间，已让唐玄宗看得失神。

一舞过后，她向他行礼，低低柔柔的声音自前方传来，他才回过神儿来。当着诸人的面，他毫不吝啬地夸奖她：“吹白玉笛，作《惊鸿舞》，一座光辉。”

一曲《惊鸿舞》名动长安，她却只为他而跳，他的失神发愣是对她最好的褒奖。

有一年的寒冬腊月，她与唐玄宗一同踏雪寻梅，银装素裹的宫殿与逆风而开的梅花交相辉映。良辰美景如斯，却都比不上一袭红装的她。顿时，唐玄宗来了兴致：“爱妃学识过人，不如以此情此景作诗一首吧。”

枝头上白雪拥抱着梅花，白里透红，那灿若烟霞的梅花带着淡淡的清香，沁人心脾。她未加思索便轻松道来：“一枝疏影素，独抗严霜冷。早晚散幽香，香飘十里长。”

唐玄宗高声大笑，笑声响彻梅林，他的后宫难得有佳人，妙妙妙啊！

六宫粉黛在她面前皆失了颜色，不是输在容貌，是输在那种气质、品性。暗香疏影间，良辰美景在她面前都黯然失色，她是难得一遇的倾城色。

唐玄宗喜欢她身上的淡然高洁，对她愈发宠爱，可她从不恃宠而骄，也没有生出过那种独占君恩的念头，她会落落大方地请求唐玄宗多多去关心其他妃嫔，她会温言细语地劝谏他要开明勤勉。她希望他做个勤政爱民的好皇帝，而不只是沉迷于后宫美色，耽误国事。

爱屋及乌的唐玄宗当然将她的话听进心里去了，并且付诸行动，他在朝政上勤勉用心，赢得了明君的称号。

那梅阁的梅花开得那样烂漫，正如风头正盛的她。

三

纵然梅花冰肌玉骨，赏久了也会让人失去新鲜感，产生疲倦感。国色天香的牡丹一出场，唐玄宗瞬间就被迷得找不着北。

当“朔风如解意，容易莫摧残”的梅花碰上“唯有牡丹真国色，花开时节动京城”的牡丹时，梅妃第一次尝到了失落的滋味。

唐玄宗邂逅了寿王妃杨氏，顿时理智就被抛之脑后，什么都不顾了，执意要接杨氏进宫。倾城倾国的杨氏让六宫粉黛完全失了颜色，唐玄宗冒天下之大不韪封了她为贵妃。

活泼明艳的杨贵妃恰如那雍容华贵的牡丹，让见过百花的唐玄宗情有独钟。他爱杨贵妃丰腴的身姿，喜欢杨贵妃的娇憨可爱，他为了杨贵妃甚至忘记了后宫中的三千佳丽，在杨贵妃身上他得到了前所未有的满足。

从此，勤政爱民的君王也开始慵懒不早朝，他恨不得时时陪在杨贵妃身侧，他亲赐杨贵妃华清池沐浴，甚至让大诗人李白为其写下：“云想衣裳花想容，春风拂槛露华浓。”

梅妃从未看到过如此疯狂的唐玄宗，那个与她对弈时会因为输给她几枚棋子儿就不悦的唐玄宗已经彻底忘记她了。他已许久没有来过她的宫殿了，梅花早已开落了几载，他一心只恋着牡丹的倾城色。

后来，梅妃被打入上阳宫。冷冷清清的宫殿，让她的心跌入了冰窖。梅花依旧在凛冽的北风中傲于枝头，却无人再赏，她几次三番地劝谏唐玄宗莫要误国，他都心不在焉地答应着。

许是又到白雪皑皑的冬日，唐玄宗见梅花开得正盛，忽然想起多年之前曾与梅妃踏雪寻梅的欢乐来，便召见了她。后来，杨贵妃得知此事，不依不饶地跟唐玄宗闹脾气。唐玄宗到底是个皇帝，杨贵妃平时性子霸道了些倒也无妨，那日却恰巧撞在了唐玄宗的枪口上，他怒斥杨贵妃，并遣人将她送出了宫。可杨贵妃一走，唐玄宗就后悔了，他完全不顾帝王一言九鼎的威信，又匆忙派了大阵仗哄回了杨贵妃。

这种戏码梅妃不是第一次听说了，之前唐玄宗与杨贵妃不知道因为什么产生了矛盾，杨贵妃就被送出了宫。可不过几日，唐玄宗就后悔了，又低声下气地将杨贵妃哄回了宫。在她们这些后宫妃嫔面前，唐玄宗是帝王，但在杨贵妃面前，他只是一个普普通通陷入爱情里的男子，会哈哈大笑，也会怒气冲冲，更多的时候却是疼惜。

后宫就是个“但见新人笑，那闻旧人哭”的地方。梅花傲然枝头，被冷风吹得摇摇欲坠，却依旧坚强挺立，继续保持着气节。

四

盼望着，盼望着，也就彻底没了希望。她有感自己的境遇就写了首《楼东赋》派人送去给唐玄宗。

“君情缱绻，深叙绸缪。誓山海而常在，似日月而无休。”海誓山盟，终是一场镜花水月，都成了空。她今日之境遇恰如当年的陈阿娇，不知退居长门宫的陈阿娇是不是也如她一般失魂落魄？

她的《楼东赋》到底不及杨贵妃哭得“梨花一枝春带雨”之生动，司马相如的《长门赋》没有让陈阿娇重获帝心，她的《楼东赋》也没有让唐玄宗记起当年的海誓山盟。

无人赏梅，她也无心自赏。唐玄宗某日特赐她一斛珍珠，她写了首《一斛珠》婉拒。诗是这样的：“柳叶双眉久不描，残妆和泪污红绡。长门自是无梳洗，何必珍珠慰寂寥。”

女子素来是为悦己者容，他眼里、心里全是杨贵妃，她又何必对镜贴花黄，又何必仔细画眉斟酌深浅呢？

安禄山、史思明造反，战争一触即发，叛军节节逼近，唐玄宗带着杨贵妃逃出宫去了。慌乱之际，他已经完全顾不上曾经陪他踏雪寻梅的梅妃了。

马嵬坡下，唐玄宗痛失杨贵妃，伤心久久难平。待到叛乱平定，唐玄宗重回长安城，却也没再见到那个清雅高洁的女子。一场战乱，他失了牡丹，也丢了梅花。

后人只说杨贵妃与唐玄宗恩爱无双，说那是“在天愿作比翼鸟，在地愿为连理枝”。可谁记得宫中那一片在白雪皑皑的冬日怒放的梅林里，有个曾与唐玄宗海誓山盟的梅妃？她生前被杨贵妃衬托得黯淡无光，死后依旧要沦为唐、杨二人可歌可泣的爱情的陪衬。

她是曾一舞名动京城、才学过人的梅妃娘娘，一曲《惊鸿舞》惊艳了时光。她目睹了唐玄宗的开元盛世，也看到了唐玄宗一步步变得沉迷美色、误国误民。她不像杨贵妃那般恃宠而骄，她大方贤惠地劝谏唐玄宗当以国事为重，当雨露均沾，如此通情达理、如此识大体，远非雍容华贵的杨贵妃能比。

牡丹在唐玄宗眼里是真国色，就算颓败枯萎之际也大朵大朵地落在尘土上，轰轰烈烈地开，轰轰烈烈地死。而梅花在寒冬腊月寂寂无声地开，香远益清，有着“零落成泥碾作尘，只有香如故”的美好气节，赢得世人敬佩夸赞。

梅妃的一生就恰如那冬日里开得正盛的梅，悄无声息地开，安安静静地离开，没有打扰到任何人。她受宠之际谦逊大方，始终不忘做一个有德之妃，失宠之际，也不争不抢，只劝君王莫要误国，用她低调的言行诠释着那高洁的品性。

中国古代有几千年的历史，更有数不清的后宫妃嫔，高洁脱俗者屈指可数，梅妃便是其中最引人注目的一个。她如梅，不负梅，是大唐最惊艳的那朵梅花！奈何人间留不住。

柴守玉

人生若只如初见

一

唐朝前半段是“忆昔开元全盛日，小邑犹藏万家室。稻米流脂粟米白，公私仓廪俱丰实”。那是一派雍容华贵、大气包容。“安史之乱”后，唐朝开始走下坡路，变得衰败、沉重、忧郁，天下豪杰纷纷“揭竿而起”，建立自己的国。其中就有位出身草莽的英雄通过自己的努力当上了皇帝，他名叫郭威，威风凛凛的威。他在位期间治国有方，使得国家安定富强。

但是高处不胜寒，他的身边并没有人相伴，那个后宫中最尊贵的位置他留给了长眠于地下的妻子，这就给乱世的英雄增添了点儿温柔的色彩。

英雄和美人的故事不管过去多久，都是为人所津津乐道的。太平盛世中，英雄与美人的邂逅都是相似的；乱世中，英雄与美人的相遇却各有各的不同。

郭威一生挚爱的女人姓柴名守玉，两人是老乡，都是邢州人。

他们的相识可不像刘秀、阴丽华那样顺利。柴守玉在遇见郭威以前曾被选入宫中当嫔御，她没有好运气地成为被皇帝捧在心尖的女人，甚至在后宫里很不起眼儿。当时的皇帝是建立后唐的李存勖，李存勖前期的奋斗史也是极其感人，但当上皇帝后就开始得意忘形，昏庸无道，大肆宠幸伶人。

柴守玉还没得到李存勖宠幸呢，李嗣源就带着大批人马冲进宫中造反了。李存勖死后，李嗣源大发善心，遣散了大批宫人，柴守玉也在其中，她就收拾收拾包袱回家了。

二

突如其来的一场瓢泼大雨，柴守玉被困在了旅舍里。大雨倾盆，黄河水涨得吓人，路上的行人浑身都湿漉漉的，柴守玉守在门口默默等着雨停。

他们爱情就源于这一场惹人生厌的雨。这雨丝毫没有停下的意思，柴守玉在旅舍门口看到一个穿着破烂的男子，她眼里骤然燃起了光。那是一个再普通不过的男子，他身上的衣裳打了好几块补丁，且早已被雨水打湿，却看不到半分狼狈。那男子的眉宇之间散发着英气，她一下子就看呆了，直到那男子察觉到她的目光，瞥了一眼过来。

四目相对，电光石火间，两个人一见钟情。爱情就是这样毫不讲道理，她还不知道他是谁、家住哪儿，就已经沦陷了。他就是郭威。

他生得结实，若是穿上盔甲，定然会很威风。

雨没完没了地下着，柴守玉和父母住在旅舍里安安心心地等着雨停，在旅舍里她也偷偷听到了很多关于郭威的故事。那旅舍里的小二一见到他就低下头，生怕和他对视，听说郭威嗜赌如命，喜欢喝酒，还……还曾杀过人。在他们街上，有个屠夫常常仗势欺人，郭威看不下去了，就找到这屠夫，将他臭骂了一顿，这屠夫也是个暴脾气，竟掀起自己的衣裳说，郭威若有胆子就从他肚子上割肉！郭威血气方刚的，这种激将法只会让他更加暴跳如雷，于是白刀子进，红刀子出，屠夫死了，郭威也被抓进了牢里，后来被人救了才被放了出来。

她听完这些事倒是一点儿也不害怕，这不正说明郭威是个路见不平，拔刀相助的英雄吗？她一下子更喜欢这个人了，虽然他现在还是个无名小卒，但乱世出英雄，从郭威那气场来看，他就不像个凡夫俗子。

正如她喜欢郭威身上的刚，郭威也喜欢她的柔，郭威不是没见过女人，可这柴守玉和他见过的女人还真不一样，具体哪里不一样他也说不上来。

黄河渡口一相遇，两个人的心就此沦陷。

三

柴守玉不是那种忸忸怩怩的女人，她也深知如果这次不抓住机会，这雨一旦停了，过了黄河，他们此生再见的机会就不大了。郭威也想娶她，不过他出身寒微，这婚事恐怕不会那么容易，谁家父母愿将女儿嫁给他这样一个一无所有的人呢？

两人确定心意后，郭威就去见了柴守玉的父母，诚恳地表达了自己的心意。柴守玉的父母坚决不同意，他们的宝贝女儿当年可是被选进了皇宫的，要才有才，要貌有貌，怎么也得嫁给大官，这个穷小子就是只癞蛤蟆，还妄想吃天鹅肉，真是不知天高地厚。

柴守玉跪在父母面前，她说她相信这个男人，他一定会有一番建树，在这乱世她已经认定了他，无论荣华富贵还是贫贱苦寒，她都愿意做他的妻子。她的态度很坚决，无论父母说什么都不肯改变心意，最后他们叹了口气，勉强答应了她。

她如愿以偿地嫁给了郭威，两人感情和睦，羡煞旁人；这是一段没什么人看好的婚事，可她一点儿也不在意。婚后，他们二人在洛阳租了一个小宅子住着，郭威没读过什么书，就是个粗人，而柴守玉学识过人，在柴守玉的影响下，郭威也开始捡起书本来读，他底子薄，每每碰上不懂之处就会虚心地向柴守玉请教，柴守玉都会耐心地替他讲解。

君子之道、为人处世之道、治国之策，他都从书中一一领悟。两个人在小宅子里朝夕相处，感情更加深厚了，郭威的言谈举止也有了质的飞跃。

他们的日子过得很平淡却也很温馨，留在两个人心里的都是永世难忘的美好记忆。

四

乱世中的英雄总会发光，郭威也开始了他的上坡路。他追随刘知远，替刘知远打下后汉江山。刘知远当上皇帝后对郭威十分倚重，给他封了官，还赏赐了黄金。

可是好景不长，刘知远死后，其儿子刘承祐继位，刘承祐总是猜忌郭威，担心郭威会谋反，太后娘娘几次劝刘承祐，他都当耳边风。这猜忌之心一旦生出，便会日渐膨胀，刘承祐完全听不进去任何劝告，他将柴守玉还有郭威的孩子一起杀害了，并且还觉得自己做得很对。

柴守玉死了，死在了一个冲动又无能的皇帝手下，郭威不禁怒发冲冠。他挚爱的妻子就因为皇帝这样无端的猜忌没了，他忍无可忍，决定真的反了，于是听从谋士的安排，使了一出计谋，最后黄袍加身称帝了。

当上皇帝的郭威一点儿都不快乐，妻子、儿子都死了，留他一个人在人世很孤独。书上说“天涯何处无芳草”，可女人再多，都不是她。都是因为他被刘承祐猜忌，她才会惨死在别人的刀下。

郭威追封柴守玉为圣穆皇后，自此他虽有后宫佳丽，却再没立过皇后——他的妻子只有她一人。

他将她教给自己的那些治国之道、用人之道都付诸实践，江山被他治理得很好，百姓安居乐业，军队日渐强大，他还挑选了她的亲侄子柴荣作为下一任皇帝，这简直是引起了前所未有的轰动。只听说过父死子继、兄终弟及，由侄子继承皇位，实在是绝无仅有，何况他还有姓郭的亲侄子。

她已经离开他很久了，可他一直记得她和侄子说话时那温柔的样子，那是他一生中最贪恋的时光。柴荣很好，还曾得过她的教导，他真的很放心把江山交给他，何况还有赵匡胤这个大英雄，江山该会日渐强大。他望着洛阳城的方向合上了眼，再也没有睁开过。

五

柴守玉这个普普通通的小女人，在乱世之中敢于主宰自己的命运，她不按部就班地听从父母的安排，她认定的，她就努力去争取，从不听信那些流言蜚语。

她的眼光那么好，穿得破破烂烂的小伙子在乱世之中没有辜负她的期待，果真成了大英雄，还坐上了皇位，虽然她没有机会亲眼见到他穿上龙袍。

她用她的言行举止影响了一代帝王，让大字不识、出生于乡野的他在治国、用人上都有自己独特的一套方法，成就了一番帝业。

在那样一个乱世，一切都杂乱无序的时代，她还得到了真正的帝王之爱，何其幸运。虽然她没有母仪天下，没有与他比肩而立，共同接受臣民的朝拜，但所有的后宫妃嫔至死地位都未超越过她，她的亲侄子还得到了他百分之百的信任，继承了皇位，这简直是前无古人。

柴守玉真算是五代十国一个耀眼的存在。

大周后

柔情似水 佳期如梦

一

上古时期，娥皇、女英不分尊卑，共侍一夫，姐妹二人齐心协力襄助舜成就一番功业，娥皇、女英的美名就这样传开了。在战乱频发的五代十国也曾有两姊妹先后被册封为后，后人称之为“大小周后”，她们的丈夫是“词帝”李煜。姐姐名为周娥皇，“娥皇”二字正好与上古时期的娥皇的名字一样。但是她们姐妹二人并没有像昔日的娥皇、女英一样见证丈夫成就一番功绩，最后的结局也远比娥皇、女英的泪洒湘江更为悲惨。

炮火自远方而来，金戈铁马血染残纱。“安史之乱”后，唐朝由盛转衰，昔日开创了“贞观之治”“开元盛世”的唐朝已经江河日下，黄巢起义给了唐王朝重重一击，随后藩镇割据日益激烈。日益强大的藩镇势力不再听从皇帝的发号施令，开始纷纷自立为王，这段承唐启宋的时期被称为“五代十国”。

青砖黛瓦、小桥流水，这是杏花微雨的江南，南唐政权就建立在这片土地上，三世便亡，非常短暂，如一缕青烟，来也匆匆，去也匆匆。这个王朝后来因为一个李后主出名了，我们对五代十国印象最深的亡国之君便是李煜，他于朝政上不如人意，在诗词上却是让人无法望其项背。

李煜的词作后期写的是亡国之悲，读起来感人肺腑，前期则是旖旎柔靡，多写宫廷中的男欢女爱，其中多篇是写给蕙质兰心的妻子的，这个妻子便是李煜特别喜欢的大周后。她从李煜还是吴王时就嫁给了他，陪着他走过了人生中最意气风发的十年。

二

周家有女初长成，司徒周宗家出了个能歌善舞、通史善律的才女，此女名为周娥皇。

二八年华的娥皇出落得亭亭玉立，司徒周宗非常疼爱这个才艺双绝的长女，便带着娥皇去宫廷为皇帝李璟祝寿。娥皇在寿宴上大大方方地弹了一曲琵琶曲，细捻轻拢，曲调含情，风雅的李璟对周宗家的这个女儿非常满意，赏赐了她一把名贵的琵琶。

几年后，娥皇 19 岁时，李璟亲自为这个善弹琵琶的姑娘赐婚，配的正是吴王李煜。喜从天降，周家高兴坏了，这真是一桩再好不过的婚事。

入了吴王府，蕙质兰心、多才多艺的娥皇很快得到了李煜的宠爱。两个人简直是天造地设的一对，他们都喜欢音律，常常谱曲弹唱，日上三竿方起，酣畅饮酒才眠，过得极为舒心畅快。

那时候，他们对南唐向后周俯首称臣并未感到多么痛心疾首，毕竟一个是闲散王爷，一个是喜欢风花雪月的王妃，但是很快他们就被推上了南唐最高位。作为第六子的李煜因为前头的五个哥哥都去世了，便从父亲李璟手中接过了皇位。不，已经不能称之为皇位了，他们已经称臣，只能称之为国主。

26 岁的娥皇被李煜册封为后，居于瑶光殿。

宫廷极尽奢华，金炉香、红棉毯，美人如云，觥筹交错，娥皇在偌大的宫里和李煜吟风弄月，她弹着琵琶，他写着词，两个人时不时眉目传情。

娥皇是个知书达理的女子，可醉酒后却别有一番风情。她慵懒地倚在床榻上，脸色潮红，眼中含情地望向李煜，笑得娇媚可人，还将红线头嚼了嚼，大胆地向李煜吐去。她“媚眼随羞合，丹唇逐笑分”，李煜顿时脑子里只剩下“风花雪月”四个字。

这时候的她幸福而快乐，纵然后宫佳丽不少，李煜却独独对她另眼相看，他们在宫中随心所欲，毫无拘束，过得好不快活。

三

清歌不歇，琴声不绝，娥皇入宫数年，在后宫中无人可与之相较。

唐玄宗时曾作《霓裳羽衣曲》，此曲曾盛行一时，后因战乱渐渐失传。作为音律爱好者，娥皇用心编订、修改、考证，终于让名动一时的曲子重现，琵琶声一出，满场惊艳。

她在音律上的天赋极高，那是既可以耐心编订《霓裳羽衣曲》，也可以即兴谱一曲便风靡后宫。

酒能助兴，饮过酒的娥皇总能做出诸多大胆举动。有一回她小酌了几杯后，忽然邀请李煜一舞，素来宠爱她的李煜并没有马上行动，反倒是让她先谱一首新曲。这对周娥皇来说简直是小菜一碟，她不假思索便唱出了一曲《邀醉舞破》。美人如此给力，李煜也就不再推辞。

她清歌一曲只为他，他字里行间是她倩影，那时候他们以为会有天长地久。可惜，多情的帝王纵然对她宠爱有加，却不会对她一人专情。28 岁那年她大病一场，身子虚弱，随后幼子受惊而亡又给了她重大打击，竟是一病不起。李煜刚开始亲侍汤药，日夜不离地照顾她。得夫如此，让她不禁感激涕零。后来就有些不一样了，虽然他还是对她照顾有加，神色间却多了几丝难见的喜色。

终于有一日，妹妹前来侍疾时她发现了端倪，她捺住性子问如花似玉的妹妹："你来宫中多久了？"娇俏可人的妹妹不假思索地告诉她，自己已经来了几天了。这消息对她来说无疑是雪上加霜，她转过身子去不肯再多看妹妹一眼。

她并非不许李煜亲近其他女人，只是这个人是她的妹妹，还是在她的重病期间。若不是她发现了不对劲儿，这两个她最亲、最信任的人还会一直瞒着她。失望伤心席卷了她，她的身子骨也就更差了。

弥留之际，她对着李煜回忆这一生，她说自己能嫁给他，是无比幸运的。两个人做了十年的夫妻，她很欢喜，只是她马上就要离开人世了，无法再报答他对她的恩情。李煜听后悲痛不已。

29 岁的她于瑶光殿见了他最后一面，他们做了整整十年的夫妻，虽有过隔阂、生过间隙，但总是欢乐居多。含着玉蝉，她慢慢合上了眼。

她死得很安详，宫殿里哭得很悲伤。

四

娥皇死后，李煜伤心极了，他亲笔为她写下挽词，只是词再好，人却永远都回不来了。

"佚自肩如削，难胜数缕绦。天香留凤尾，余暖在檀槽。"他将这首词题在琵琶背面，还将这把她最喜欢的琵琶给她做陪葬。宫中琵琶声依旧在，却已是物是人非。

而娥皇也成了李煜心中永远的白月光。李煜为她写了许多感人肺腑的词作，如“凭阑惆怅人谁会，不觉潸然泪眼低”，又如“秋风多，雨相和，帘外芭蕉三两窠，夜长人奈何”！

三年后，李煜迎娶娥皇之妹，将其册立为后，那一年小周后也是 19 岁，与娥皇嫁给李煜时同岁。

南唐已经日渐衰落，早在他父亲李璟在世时就已经对后周称臣，李煜接过责任大于山的国主之位，于朝政之上用过心，也试图缮甲募兵，却还是没能挽救南唐江山。守了十余年的国土，最后还是变成了别人的。

小周后替娥皇陪着李煜在宋廷苟延残喘地活着，昔日风花雪月不再，有的只是剪不断理还乱的愁。

娥皇没能陪李煜到老，她只见过他年少时的意气风发和做国主后的宽厚仁和，她错过了李煜的亡国之痛，但这种错过又十分幸运，因为她不用像小周后一样陪着李煜忍辱偷生。

此情可待成追忆
只是当时已惘然

温成皇后

一

帝王表达爱意的方式有很多种，可以是烽火戏诸侯，只为博美人一笑，也可以是差人快马加鞭从遥远的地方送宠妃最爱的荔枝来。更可以是生前不能风光封你为后，那么在你死后，哪怕万人阻挡，也要追封你为皇后，成全自己，也成全你。

说起深宫里缠绵悱恻的爱情故事，仿佛怎么也绕不开顺治帝和董鄂妃这一对，董鄂妃生前被顺治帝封为皇贵妃，位同副后，死后更是被顺治帝追封为皇后。情深的顺治帝完全忘记了正宫皇后还在世这件事，将正宫皇后推入了一个尴尬的境地。

事实上，顺治帝追封心爱之人为后的举动并不是首创，在他之前的几百年前的大宋朝，有一个皇帝也做过相同的事情，那位皇帝名叫赵祯，也就是野史里“狸猫换太子”的主人公，他在心爱的女人死后追封她为“温成皇后”。

赵祯一生有过三个皇后，第一个是嫡母硬塞的郭皇后，郭皇后刁蛮跋扈地打了他一巴掌，废了；第二个皇后是高门之女曹皇后，曹皇后谨慎律己，是个不可多得的好皇后，赵祯信任她、敬重她，却唯独没有爱；第三个温成皇后是赵祯自己追封的，虽然她有点儿任性，有点儿恃宠而骄，但赵祯偏偏对她用情最深。

温成皇后红颜薄命，31 岁那年就香消玉殒了，赵祯悲痛不已，竟是辍朝七天。他无法接受心爱之人就这样离他而去，作为皇帝，他没办法掌控人的命数，只能给心爱之人一个他能做的极致，追封她为皇后，并大封其父其母。

有的人虽然活着，但在赵祯心中已经死了；有的人死了，但在赵祯心中一直活着。

二

温成皇后幼时丧父，其母能歌善舞，有幸入了齐国大长公主的眼，也就被选入公主府做一名舞女。小温成常常跟着母亲一同去公主府，一来二去，齐国大长公主也就注意到了这个长得娇娇俏俏的小姑娘。大长公主的一句话，小温成就被送入宫做了乐女，由于年纪较小，由宫人贾氏代为抚养。

宫中应有尽有，小温成一天天地长大，她已经褪去稚气变成了一个亭亭玉立的大姑娘。在宫人的教导下，她也变得像母亲一样能歌善舞，虽然不足以倾国倾城，但也是个中翘楚。

皇宫是个充满机遇的地方，野鸡可以变凤凰，凤凰也可以变野鸡。得了天时、地利、人和，小丫鬟摇身一变成了母仪天下的皇后的故事并不夸张。

温成在一次宫中宴饮上一眼被赵祯看中，这一眼就是天雷勾地火，赵祯被温成迷得神魂颠倒，因为这场相遇，温成开始了她畅通无阻的晋封之路。

赵祯非常喜欢这个新得的美人，温成的出现让后宫的其他妃嫔瞬间变为庸脂俗粉,只有她一个人美得清新脱俗,这种美没有攻击性,一颦一笑间都让人舒服得很。

有了赵祯的宠爱,温成在宫中的日子过得更加舒服起来,还生了一个公主,赵祯非常高兴,立马升了温成的位分,将她封为才人。

后来,温成又生下了几个小公主,虽然最后都夭折了,但那时她是风光无限的,已为人母的她也成了后宫中位分仅次于皇后的女人。当年她不过是一个小小的乐女,谁也没有想到,有一天她会变成尊贵无比的贵妃娘娘。

三

当了贵妃的温成过得十分滋润,赵祯的宠爱让她的尾巴都翘上了天。

曹皇后是个好相处的,待后宫之人和善大方,这个时候还是贵妃的温成仗着赵祯的宠爱,想要借曹皇后的仪仗出行。也许是故意挑衅曹皇后,也许是女人的虚荣心作祟,让她完全忘记了身为贵妃不能僭越礼制,但曹皇后还是慷慨大方地答应了她的请求。

心想事成的温成非常兴奋,这一兴奋就让她跑去赵祯面前分享,赵祯听了这事后非常不快,他告诫她:"国家文物仪章,上下有秩,汝张之而出,外廷不汝置。"温成听了有些不高兴,但赵祯难得训斥她,且也是为了她好,后来她也就没再打过类似的主意。

温成受宠在宫中那是人尽皆知,皇后固然有牢不可摧的地位,但她有帝王的宠爱。所以有些宫女犯了小错也会到她面前求求情,她吹吹枕边风,皇帝也就饶恕了她们。

她在宫里过得如鱼得水,这个时候她忽然想起了伯父张尧佐,她的生父早在她幼年时便去世了,对于这个伯父,她一向敬重,现在她是贵妃娘娘了，自然也想让亲人跟着自己沾沾光，于是她向赵祯说出了自己想要伯父做宣徽使的心愿。

又不是摘星星摘月亮，这点儿心愿有什么不能满足的呢，赵祯听了，当即就答应了温成。翌日上朝前，温成送赵祯到殿门口，还不忘叮嘱："官家今日不要忘了宣徽使。"瞧着温成那紧张的模样，赵祯笑着点点头："放心，放心。"

可惜，温成的这个愿望落了空。赵祯在朝上想马上实现宠妃的心愿时，包拯包大人立马站了出来。铁面无私的包大人用他的三寸不烂之舌讲得赵祯头晕心烦，包大人慷慨激昂，唾沫都飞到他的脸上去了，这导致他非常后悔答应了温成，最后赵祯只得挥挥手，打消了这个念头。

满怀欣喜等着赵祯下朝的温成一听事情没办成，顿时垂头丧气。赵祯是个仁和宽厚的明君，对于那些大臣的谏言素来是非常重视，这一次碰上了包拯，她只能自认倒霉。

四

一时得帝王宠爱那不足为奇，但得了帝王十数年的宠爱，那就一定有她的过人之处。温成虽然没有什么大局意识，但她对赵祯的情意非常真挚，从不藏着掖着。

有一次，恰好碰上宫中叛乱，温成得了消息立马跑去赵祯寝殿看他有没有受伤，赵祯大为感动。她不担心自己会不会遇上叛乱军，只想确认他是不是毫发无伤，为了他，她多勇敢。但是谁也没有料到，为爱勇敢的温成会这么年轻就去了，年仅 31 岁的她在皇宫里香消玉殒。

按理说，温成应该以贵妃之礼下葬，可温成是赵祯宠了十几年的女人，他想给最心爱的女人更高的位分。他打定主意要追封她为皇后，按照皇后之礼下葬，这一次他没有因为大臣的上谏而打消自己的念头。

宫外曾有个郭废后，宫中如今也有个曹皇后，但只有这个温成皇后是赵祯心甘情愿册封的。她陪了他十余年，他想要给这个女人至高无上的荣耀，哪怕有流言蜚语，他也在所不惜。所以他写挽词，追封其父亲，保留其宫殿。这一桩桩、一件件只是为了告诉她他的心意，哪怕她已经听不见。

温成的这一生算是足够幸运，她碰上了对她一见钟情的赵祯，凭借着他的宠爱，飞上枝头变成了凤凰。

她活着的时候只要做一个赵祯喜欢的贵妃娘娘就好，跳舞、唱歌统统随意，不用如皇后一般辛苦地操持后宫事宜。香消玉殒后又有万人之上的皇帝不顾群臣劝谏，执意追封她为皇后，辍朝几日，还欲致奠陵墓。就连唐宋八大家之一的欧阳修也为她写过这样一首挽词："璅窗珠户暖生烟，不觉新春换故年。众卉争妍竞寺态，却寻遗迹独依然。"

几百多年过去了，写诗的人众所周知，但这个女子已经被历史淡忘，我们只会在提起宋仁宗赵祯时，才会瞥到一眼他曾经有过一个心爱的女人，被他追封为温成皇后，那里有个帝王的爱情故事，仅此而已。

钱皇后

匪报也
永以为好也

一

她当过皇后，有过母仪天下的辉煌，也曾生活拮据，只能做些绣活来维持生计。后来啊，她尝尽苦楚后，又一次登上了皇后之位。人生无常，起起落落，她已经能够笑看人生。

她与明英宗有着少年夫妻纯洁无瑕的甜蜜，也饱尝过患难见真情的凄风楚雨，最后明英宗力排众议，让无子、瘸腿、失明的她再一次执掌凤印。

从皇后到南宫无权无势的妇人，只是一夕之间，天翻地覆；从夫妻情深到分隔两地，只因一场战役，让她痛不欲生；从明眸皓齿、端庄大方到身有残疾、眼睛失明，她经受的是挚爱的丈夫被敌军俘获，身为皇后，她除了祷告，无能为力。

这是一个让明英宗倾情相待的皇后，一个让明英宗死前曾反复叮嘱“钱皇后千秋万岁后，与朕同葬”的女人。一个让周贵妃自始至终嫉妒的女人，一个让上百位大臣公然为她鸣不平，几十位大臣跪在殿外哭声震天，要替她保住与明英宗合葬举措的贤后。

虽然明英宗遭人诟病，怯懦专制、识人不清，但不可否认，他确确实实娶了个好皇后。钱皇后的存在让这个几经变故、遭受了大起大落的皇帝，身上增添了几丝暖意。

二

钱皇后来自海州，出身不高，祖上曾效忠朱棣，父辈承袭官位当着武官，担任都指挥佥事，一直默默无闻。

正统七年（1422 年），钱皇后与明英宗大婚，她凤冠霞帔乘着轿辇进了皇宫，在明英宗挑起盖头时羞涩一笑。少年天子见到皇后竟是这样罕见的美人，面带霞光、明眸善睐，他一下子就喜欢上了这位由太皇太后为他精挑细选的皇后娘娘。

帝后和睦，无疑是天下之福。钱皇后待明英宗温柔体贴、大方贤惠，明英宗对她非常喜欢，两人在深宫里过着“只羡鸳鸯不羡仙”的日子。在遇见明英宗之前，钱皇后从来没有想过自己的丈夫会是什么样子，遇见明英宗之后，她觉得丈夫就是他那个样子。

在钱皇后心中，明英宗是少年意气风发的天子，举手投足间都让人心动，“投我以木桃，报之以琼瑶”，钱皇后越发喜欢这个命定的丈夫。她是温和的人，感情也如溪水般，平稳柔缓，平平淡淡的日子里她过得很舒服。

作为皇后，她从来不限制明英宗宠幸后妃的自由，反而常常劝解明英宗要雨露均沾。等到后宫里周贵妃等人已经相继诞下了皇嗣，她的肚子却依旧没有动静。

在儿女缘上她是福分浅薄的，但明英宗从来都不曾减少对她的宠爱，他想要晋升老丈人的官位，让他们家跟着加官晋爵享享福。钱皇后却再三推辞，她明白他的心意，不过她不需要他用这种方式。

这个时候的钱皇后过得是一生中最轻松的时光，哪怕身为皇后有操持不完的后宫之事，但丈夫在、家在，一切都平平静静，没有一丝波澜。

一场“土木之变”，御驾亲征的明英宗被敌军俘获成为阶下囚，朝中掀起了一场腥风血雨。一国天子不顾群臣劝阻非要上阵杀敌，结果被瓦剌俘虏，举国震惊。但国不可一日无君，在孙太后的主张下，郕王朱祁钰登基为帝，明英宗长子朱见深被册立为太子。

朝中试图用金银珠宝去赎回明英宗，钱皇后也毫不犹豫地将自己所有的值钱货都拿了出来，妄想着只要多给些好处，她的丈夫就能够回来，可惜事与愿违，瓦剌并没有送回她的丈夫。

三

失望一天天地累积，但她还是倔强地满怀希望，哪怕希望如此渺小。她是个弱女子，唯有祈求上苍能够怜惜她，让她的丈夫平安归来。这时候，她经历的是平生中最无助的日子，清冷的月光、宫中新帝一党的热闹，物是人非，心如刀割，她只有用眼泪来道尽自己无法排解的悲伤。

有些人走了就再也没有回来过，所以等待和犹豫是这个世界上最无情的杀手。三毛如是说。她的等待会有多长，没有人可以预料。手无缚鸡之力的弱女子废寝忘食地向上苍祈求，上苍又能不能听见呢?

后来，明军打了胜仗，明英宗被接了回来，以“太上皇”的身份幽居于南宫。阔别一年后，他再次见到了自己的结发妻子。那时她已经变了样。美目盼兮不再，她哭瞎了眼，身体也憔悴不堪，甚至还瘸了一条腿。一年而已，他长出了长长的胡须，她也变得苍老。两个人紧紧相拥在南宫，日光照在他们身上，驱散了连日来的阴暗。

当上皇帝的朱祁钰越发贪恋权势，下旨废了朱见深的太子之位，改立亲子为太子，并对居于南宫的他们越发苛待，宫人们见风使舵，经常对他们冷言冷语。

此时，她只是个再普通不过的妇人，她安慰鼓励着自己的丈夫，生活拮据时便带领南宫妃嫔做些针线活换些银两以维持生计。

此时她孱弱又坚强，用她瘦弱的身躯给了明英宗莫大的鼓励和希望。这样战战兢兢、如履薄冰的日子，她陪他熬了八年。八年有多久，她已经数不清了，无数个风和日丽的日子里，她都和明英宗说着他们俩的悄悄话，慢慢地也就熬过来了。

明英宗在大臣的拥护下再次登临帝位，上天让他们一起体会了失而复得的喜悦。

患难见真情，明英宗对于钱皇后的感情在那段南宫岁月里又深了几分。如果少年时只是爱慕她年轻的容颜、喜欢她温婉的性情这种流于表面的喜欢，那南宫八年就是让他们的爱情经历了考验，达到了真正的“夫妻齐心”。

四

这个时候的钱皇后老了、丑了，眼睛还失明了，腿也瘸了，做皇后实在有些尴尬，于是有自作聪明的太监出场，向明英宗提议立周贵妃为皇后。毕竟周贵妃年轻貌美，还有个长子，比钱皇后更适合做皇后这个位子。

明英宗当即怒发冲冠，钱皇后对他情深义重，无人能比。她是他孤立无援的日子里的精神支柱，她陪他走过了不见天日的八年。况且，钱皇后品性贤淑，实在是皇后的不二人选。

钱皇后再一次坐上了皇后之位，依然贤惠大方。真正善良的人是即便遭受过阴霾黑暗，也始终不改本性，依旧可以不计前嫌予人善意。

她还是那样谦逊大方、进退有度，明英宗想要追封她在土木之变中遇难的兄弟，她还是一如从前般果断推辞。她对于家中升官发财并没有多大欲望，在权势上也毫不贪恋，她只要她的丈夫平平安安的就够了。可她再一次愿望落空，明英宗病重。病来如山倒，药石无灵。他在死前反复交代朱见深一定要好好侍奉嫡母，再三叮嘱大臣日后要钱皇后与他合葬，然后留下妃嫔不必殉葬这等突破祖制的遗言就去了。

钱皇后与太子生母周贵妃一并被尊为皇太后，周贵妃在册封太后之事上动过多次手脚，最后还是在群臣的压迫下不得不居于她之下。

她在没有明英宗的日子里是孤独的，她没有孩子可以同她说家长里短，只能守着窗子看着夕阳西下。日子又像是回到了十几年前，只是这一次无论她怎么祈求上苍，他都不会再回来了。

她只能与他黄泉相遇，她带着思念离开了人世。由于周太后的搅和，她没能与他合葬，尽管朝臣据理力争，仍旧防不了周太后背地里动手脚。幸好，在许多年以后，由周太后抚养长大的明孝宗朱祐樘发现了陵墓的异样，也许是为了成全一对有情人，他将钱皇后的牌位画像与明英宗的一起放在了太庙里，共同接受子子孙孙的祭拜。

她这一生起起落落、跌宕起伏，两次为后，得帝王真心相待。不管是眉目如画时，还是瘸腿失明时，她总能不争不抢就赢得漂亮。

明十三陵里葬着的皇后数十个，谁都没有她的一生那样传奇。

关关雎鸠

在河之洲

郑贵妃

一

说起明朝的贵妃，第一个闪过的名字非万贵妃莫属，这个让人恨得牙痒痒的女子得到了朱见深一生的宠爱。她的经历实在是太罕见了，心狠手辣的程度也是非同一般，所以历史记下了她的名字。

另一个同样有名的贵妃是万历帝的宠妃郑贵妃，她和万贵妃一样颇受非议。梃击案、移宫案、红丸案，三件大明案件都和她扯上了关系，是是非非，真真假假，我们无从得知，但这样一个在史书上留名的女子，确实非同一般。

几十年不上朝的万历帝，遇见她就仿佛生命里有了一束光，他枯燥烦闷的日子也变得有声有色起来。万历帝在生前的最后一刻仍然反复叮嘱要与郑贵妃合葬，但是这个和文官集团争了几十年的皇帝最后还是没能得偿所愿，陪在万历帝身边的是他并不待见的正宫皇后与王恭妃。

那个颜色姣好、机智聪慧的郑贵妃和万贵妃一样，得到了枕边人矢志不渝的心。可直到最后，争得头破血流、精疲力竭，还是没能得到皇后之尊。她们都以贵妃的名义下葬，纵然陵墓恢宏大气，满是皇家的贵气，却还是一个人孤零零地长眠地下。

一生荣华富贵都化作一抔黄土，史书上的一瞥，是她绚丽精彩的一生。

二

郑贵妃入宫时刚满十六岁，万历帝十八岁。那一年，万历帝已经有了王皇后，也有了未来要遭受几十年冷遇的王恭妃。万历帝对王恭妃不过是一时兴起，可是这个小宫女天生有福气，竟怀上了皇子。

在太后求孙心切、苦口婆心地劝说下，《内起居注》白纸黑字的记录下，万历帝只得承认了这件事，于是王恭妃顺利地生下了未来的皇帝——朱常洛。但这些对万历帝来说都不重要，他的红颜知己不是这些人，也就在这时，郑淑嫔入了他的眼。

这个从小被张居正教导君国之道的万历帝第一次碰到这样与众不同的女子，她容貌出众，性子不似那些大家闺秀温婉娴静，反倒是活泼机敏。旁的女子遇到皇上那都是毕恭毕敬、低眉顺眼，眼神不敢乱瞟，话也不敢乱说，生怕皇上一个不高兴，自己的前程就毁了。但郑贵妃就不同了，她敢直视万历帝，她敢搂着万历帝摸他的头，敢和他逗笑争辩，还敢戏谑他像个“老太太”。万历帝对于这种逾距行为非但不生气，反而喜欢得不得了。

人生漫长，能够得一知己，该是多么欣喜。郑贵妃无疑是万历帝的红颜知己，为他的生活增添了几丝不一样的光彩，让从小就学仁义礼智信的万历帝也开始有了依恋。

淑嫔、德妃、贵妃，这封号的节节晋升，让她心花怒放。万历帝能给她很多宠爱，但是皇后之位却是超出能力之外。

1586 年，郑贵妃生下了三皇子朱常洵，万历帝龙心大悦。帝王之家多子多福，本是件大喜事，但是三皇子的降生却愁坏了一众大臣。在未来的十几年，因为太子之位，万历帝与文臣的一场拉锯战即将拉开帷幕。

三

郑贵妃得到了万历帝的倾心相待，三皇子朱常洵也十分受宠。有言官曾出言不逊指责万历帝好酒好色，万历帝倒是爽快，他说天下谁人不爱酒，至于好色，他只好郑贵妃一人而已。

帝王的恩宠于某个人来说是皇恩浩荡，是上辈子拯救了银河系才会有的好运气，但于后宫其他女子来说是灾难，于朝堂来说也是不当之举。万历帝迟迟不肯立太子，这更加让文官集团坐不住了。饱读诗书的文官们上了一道道的折子，说应该“无嫡立长”，说早日立下太子才好稳固国本。万历帝听着这些文官滔滔不绝、口若悬河的谏言，很是头疼。

内有皇太后施压，外有百官的折子，万历帝非常气愤。帝王之怒，重则血流成河，轻则磕头谢罪，万历帝则是将那些咄咄逼人的大臣拖出去打板子，但这些文人就是有风骨，越打越来精神。板子打不尽，谏言者更是从不间断，没办法，万历帝只得稍稍妥协，弄出来个“三王并封”，实际上还是不满意立朱常洛为太子。

万历帝接受的虽是最为传统的教育，却有着最为普通平常的私心，这种私心放在寻常人家倒也无碍，可在帝王之家却是诸多无奈。在这漫长的拉锯战里，万历帝屡战屡败，屡败屡战。其中关于郑贵妃的不过几句只言片语，但我想郑贵妃也是想要坐上那个位子的，她像每一个后宫妃嫔一样期待着儿子能够成为九五至尊。

但不管是旁敲侧击，还是“火上浇油”，最后她却获得了意料之外的“收获”。万历帝为她争了很多年，最后还是输了。一场努力付之东流，郑贵妃看着万历垂头丧气地颁布了立太子的诏书，朱常洛被册封为太子，朱常洵被封为福王。

这场十多年的拉锯战，虽然没能得偿所愿，但两个人情比金坚，天下臣民有目共睹。

四

1615 年，太子朱常洛遇上了一场刺杀，有个名叫张差的人手持凶器闯入太子宫殿，幸好内侍及时赶到，朱常洛才幸免于难。

经过严刑拷打，张差供出此事与郑贵妃有关，郑贵妃听到这个消息后，匆匆赶去向万历帝表明清白，但此事早已传开，朝臣一片哗然，又是这个女人，红颜祸水啊。

万历帝见群臣激愤，便让郑贵妃自己去和太子说明情况，朱常洛却也没有办法：一来，他不受父皇喜欢；二来，太子之位也不稳固。看到万历帝的态度，他就知道这件事情只能到此为止，最后张差一干人等全部被发落，郑贵妃却毫发无伤，万历帝这才欣慰一笑。

这个女人究竟与这桩案件有没有关系？在朝臣眼中她无疑是最有动机的人，太子与福王本是竞争关系，她必是嫉恨太子得了那个位子，想要除之而后快。但我觉得这个聪慧的女子不会犯这样的低级错误，先不说太子宫殿里内侍重重，光是太子稍微有个什么差池，她必定是首当其冲的嫌疑人，避嫌尚且来不及，哪还犯得着做这种毫不严密也不周全的刺杀计划？

真相如何没有定论，虽有流言蜚语，但万历帝仍然对她呵护备至。

福王朱常洵最后还是去了封地，她任性地想要多留留这个一手带大的孩子，却还是不得不在太后的威严中低下头。路途遥远，从此母子相见不知何时。

万历帝给了福王前所未有的赏赐，却还是填补不了她内心那空空的一角。她陪在他身边，看着他从玉树临风的年轻帝王变得鬓发已白，他们还是没有松开彼此的手。

五

郑贵妃遇上的不是一个可以叱咤风云、说一不二的帝王。万历帝不能为了她随意废后、随意立储，文官集团的强大让他只能像一个普通男子一样为了自己喜欢的东西去争，过程很辛苦，结局也不尽人意。

她也没有成为流传千古的贤后，能够与帝王伉俪情深。她受宠的同时也伴随着骂名，她没有得到王皇后那个母仪天下的位子，也不如王恭妃那样日后可以稳居皇太后之位，她依靠的、倚仗的唯有万历帝这个枕边人。

得了帝王的宠爱后，任性胡闹的妃子总会被冠上一个成语——恃宠而骄。万历帝这一宠长达几十年，郑贵妃这一骄也骄了几十年，甚至万历帝死前的遗言都是要封郑贵妃为后，他想要与心爱的女人合葬，生生世世在一起。

何其遗憾，万历帝没能如愿。这个九五至尊生前不能册封心爱之人之子为太子，死后不能与心爱的女人合葬在一起，他又一次输给了朝堂上的大臣，正如多年之前。

郑贵妃与万历帝的爱情故事自始至终都在与朝廷博弈，相爱恨晚的两个人都没能得到他们梦寐以求的一切，哪怕一个坐在龙椅上，一个是受宠尊贵的贵妃娘娘。

深宫里的爱，如那篱笆后生长的蔷薇，看着让人心生向往，伸出手去却总被扎得刺痛。但总有前赴后继的人明知有危险，却还是一次次地伸出手，因为那是一抹温暖。见到了温暖，总是身不由己地想要留住，总是贪恋那抹得之不易的温暖。

明十三陵的万历帝和银泉山下的郑贵妃，中间隔着不长不短的距离，虽然他们没能“生同衾，死同穴”，但幸好，史书里有他们的情深不悔。

何须浅碧轻红色 自是花中第一流

张嫣

一

汉朝有个寂寞的皇后名叫张嫣，明朝末年也有个皇后与她同名同姓。两个名字一模一样的女子，皆是容貌出众、姿色过人，就连命运都相仿，让人徒留一声叹息。

暮色四合，枝丫微动，泱泱大明的故事渐渐浮现出来……

她是大明朝赫赫有名的懿安皇后，面若观音，口若朱樱，有倾城倾国之姿。

她是敢作敢为，丝毫不惧怕魏忠贤势力的“女汉子”。

她甘愿居于幕后，不争名逐利，不牝鸡司晨，是有那种聪颖，有那种高瞻远瞩，却摆正位置不逾矩的贤德皇后。

她和大明众多皇后一样，出自民间，一朝飞上枝头变凤凰，手掌凤印接受朝臣的恭贺。

她和大明很多皇后一样，命运多舛，并没有那么多顺遂可言，而是磕磕绊绊，一路走来，一路艰辛。

但她又和她们不同，她眼睁睁地看着丈夫去世，看着锦绣河山被战火一点点摧毁，目睹大明最终走向败亡，对这一切她都无能为力。

嫣然一笑，是张嫣年少时的娴静温柔，是登上后位后的端庄大方，是国破后自缢的决绝。

二

天启元年，京城很热闹，天子要选妃，全国上上下下都很关心。

选妃的过程有多烦琐，战线有多漫长，耗费的人力、物力、资金又有多少，这些都无法估量。“全国”二字给这项活动打上了一个权威的标记。

张嫣的美是毋庸置疑的，她从海选的五千佳丽中“过五关，斩六将”，从乡野民间走进金砖红墙的宫殿，在美女云集的女人堆中脱颖而出，坐上了皇后的位子。

听到册封旨意的那天，她心花怒放。年少羞涩的她想来也会在被窝里笑得合不拢嘴，毕竟那是母仪天下的位子啊。

同年，张嫣和朱由校完婚。虽然感情没有好到刻骨铭心，但也算是平淡温馨。帝后和睦，已经是天下之福。

通情达理、知书识礼的她碰上的不是同样才华横溢、学富五车的公子，所以那些风花雪月也如匆匆而过的风一样了无踪迹。

朱由校的志趣不在朝堂，也不爱美人，他爱当木匠，对于木工爱得如痴如醉。让他废寝忘食、呕心沥血的不是江山社稷，是那小屋子里还没成型的木头。

宋朝有个皇帝喜欢绘画，画工一流，若是身在寻常人家，定是个名满天下的画师，只可惜身为九五至尊，只能被人诟病不务正业。朱由校同样生错了地方，于木工上他天分十足、创意百出，在江山社稷上，他却毫无兴趣，由此也滋长了魏忠贤和乳母客氏的势力，造成了朝堂上的混乱。

张嫣对魏忠贤、客氏一伙人早就心有不满。她明辨是非、疾恶如仇，看不惯奸臣魏忠贤，她常常劝诫朱由校要远离这等小人，可朱由校左耳朵进，右耳朵出。

作为后宫之主，张嫣惩戒客氏是毫不费力的。客氏仗着自己是皇帝乳母，尽干些见不得人的勾当，她看不下去了，惩戒了客氏好几次。客氏因此怀恨在心，想要报复她。

魏忠贤一伙人编派她的身世，说她是江湖大盗之女，污蔑她的家世并不清白，幸好朱由校没有被蒙蔽双眼。他心中对张嫣还有夫妻之情，他放下手中的木工活，保住了她的皇后之位。

江山并不稳固，现世也并不安稳。处在皇后之位的张嫣一直激励朱由校励精图治，奈何朱由校志不在此。她曾叹息过，但并没有放弃——他不放弃他的木工活，她也从未断过劝诫之言。

三

上天终究是公平的，给了你一些馈赠，自然也会收回一些东西。张嫣坐上了皇后之位，有了天下女子皆羡慕的尊贵，可以着华服接受百官朝拜，却也没了自由。深宫是寂寞的，一块块的砖瓦，在时光的指缝里生出了裂缝。好在，她怀上了小皇子，摸着渐渐大起来的肚子，她笑得很温柔。

朱由校对这个孩子寄予了莫大的希望，他做了好多木偶，就等着孩子出生后，当作礼物送给他。不是那些庸俗的金银珠宝，是他一刀一刀刻出来、打磨出来的宝贝。但是很遗憾，他们没能等到这个孩子的降临。魏忠贤、客氏偷偷安排了人手，让其在张嫣身子不适按摩之际使坏，致使她流产生下死胎。

有些事虽然心知肚明却没有真凭实据，黑夜漫漫，张嫣泪眼蒙眬，那是她的孩子啊，还没见过这个世界就已经被那些恶人害死了。

她恨，她怨，奈何枕边人就是迟迟不肯动手。朱由校护着她，不让魏忠贤动她半根汗毛，却也不处置魏忠贤等人。她用《赵高传》暗示他要“亲贤臣，远小人”，他默然不作声，也不知道听进去了几分。

春花秋月，夏荷冬雪，时光匆匆流逝。朱由校因落水生了病，且病得很重，张嫣心急如焚。魏忠贤权势滔天，朱由校眼下无子，天下可千万不能出了乱子。就在这时候，客氏又登场了，这一次她带来几位身怀有孕的女子一一介绍给朱由校，说那些女子腹中皆为龙子，朱由校大喜，他可算后继有人了。

客氏是朱由校的乳母，朱由校对她的话深信不疑，张嫣可不相信这个蛇蝎心肠的妇人。身怀龙种不过是客氏一句话的事，颠倒黑白、捏造事实向来是小人的惯用伎俩。她三番五次地劝说朱由校应该兄终弟及。朱由检有才学、有胆量、有谋略，且年纪合适，不会被人摆布，实在是明君之选。朱由校再三考量之下同意了这个建议，并嘱咐朱由检好好待张嫣。

她是有多清醒，才能始终保持冷静，临危不惧，不让江山落入奸臣之手；她是有多聪慧，才可以不在朝堂却能分清局势，知道以大局为重，并且选了一个相对上乘的继承者。

朱由校走了，那个想做木匠的皇帝再也听不到她的唠叨了，木工房里冷清清的，什么也没有了。

四

张嫣被尊为“懿安皇后”，朱由检对她这个皇嫂很是敬重。后宫里多了许多新面孔，都是千挑万选出来的，姿色可人，一如当年的她。

朱由检登基后对魏忠贤待遇如旧，将他捧得很高。魏忠贤得意忘形，尾巴翘得有多高，跌倒时就有多惨。电光石火间，朱由检就收拾了魏忠贤一党，朝堂上下无不拍手称快。

小人死了，张嫣长出了一口气，朱由检于国事上勤勤恳恳、不辞辛苦，她很欣慰。然而大明气数已尽，李自成入京，平时那些义正词严的东林党人此时竟显得如此不堪一击，倒是朱由检有帝王的决绝和勇气，势与天下共存亡，君王死社稷，愿来者宽恕天下苍生。

张嫣听着越来越近的炮火声，凄然一笑，她这个皇后当得也算是前无古人，后无来者。想要力挽狂澜，却奈何有心无力，只能眼睁睁地看着一切发生……

有人说，她最后自缢而亡，同她的大明一样永远停在了 1644 年，也有人说，她被人救走，随后不知所踪。我更愿意相信这个女子选择了为她的国家陪葬，因为那里有她的青春，有她的爱人，还有她从未睁眼看过世界的孩子。虽然清冷，但总算团聚了。

万里挑一的女子，在被选中的刹那，以为未来是一片光明，会有朝朝暮暮的爱情、享不完的荣华富贵，可最后上天却一一收回，让她什么也没有了。宝珠，宝珠，如宝似珠，丢了宝了也没了珠，空荡荡的被烧了个一干二净。

木匠皇帝和万里挑一的皇后没有白头偕老，历史里的张皇后一个人熬了很多个黎明、黄昏。

这个被称为面如观音的美貌姑娘，福分微薄，少有欢乐与快活，施加在她身上的更多的是责任与担当，以及恨铁不成钢。

我们总会哀叹男人的生不逢时、怀才不遇，女人又何尝不是？张嫣假使生在一个王朝的盛世，凭借她的才干足以成为声名远播的太后，培养一代英明帝王，可恨在毒瘤重重的明朝末世，她只能静静陨落，徒留几声叹息。

红颜末路，呜呼哀哉。

孝庄皇后

高处不胜寒　起舞弄清影

一

历史上从来不缺美貌与智慧并存的女人，上至金碧辉煌的皇宫，下至秦淮河畔的青楼，都有过很多在历史上留下名字的女人。

提起历朝历代有名的女政治家，总是褒贬不一、众说纷纭，她却受到了最高的礼赞。

她不是第一个于江山社稷上有功的女人，在她之前有西汉赫赫有名的窦太后、被赞颂为“贞观遗风”的女皇帝武则天、宋朝人人皆知的刘娥，但是没有一个人像她一样，历经五朝皇帝，辅佐两代帝王，却仍然甘心居于幕后，从未想过窃夺江山。

她，名为布木布泰，是清朝赫赫有名的孝庄文皇后。

她这一生不辞辛苦，为了大清江山呕心沥血，一波未平一波又起，她幸运地在那个斗争激烈的局势下当上了圣母皇太后。位高权重的她一直都过得很辛苦，但她从来都没有想过松懈，一步一步带着大清走向鼎盛。

这是不轻松的一生，也是不平凡的一生。科尔沁草原见证了她的出生、成长，那片生机勃勃的大草原留下了她少女时代的梦。

清宫里的一砖一瓦都留下了她走过的痕迹，她的功绩被镌刻在石墙上，代代流传，那里有她一生的辉煌。她站得很高、很远，用她的一生写就了一个传奇。

二

布木布泰出身高贵，父亲是部落首领，她度过了一段无忧无虑的童年，那时天很蓝，水很清，草很绿，年少的她在草原上策马奔腾，风声在耳边呼呼作响，生活非常有趣。

十三岁那年，她离开了生她养她的大草原，嫁给了她嫡亲的姑父，那个身手矫健、面容英俊的大英雄——皇太极。

盛京北风凛冽，炭火烧得很旺。皇太极和姑姑都对她不错，在宫里住的也还算习惯，得空她便会和姑姑聊聊天、解解闷，日子倒也过得舒坦。

皇太极已不是青涩懵懂的少年郎，比她大了二十多岁。她聪明睿智，皇太极对她也照顾有加，她不知道这个心有大志的男人心里是不是有她。接二连三的，她为他生了三个女儿，个个聪慧漂亮，像她一样。

征战四方的他，终于如愿以偿继任汗位，姑姑被封为大妃，地位尊贵；她年纪小，被封为西侧妃。得空时她总会亲自教导女儿要识大体、懂分寸，他闲暇时也会来看看几个女儿，小孩子长得很快，几个月不见就长高了一大截儿。

时间长了，宫里的女人也渐渐多了起来，皇太极对她们谈不上宠爱，但也没有苛待，好吃好喝地供着，个个倒是也过得很滋润。布木布泰以为皇太极大概性情就是如此，男人嘛，心有大志想要建功立业，女人在他心里就只能占据很小的一个位置，所以她也不介意。

孤寂的时候，她就翻翻诗书，学学里头的道理，或者逗逗女儿们，教她们多认几个字。姑姑身为大妃，事务繁忙，她位分低，清闲时候的多，便时不时被姑姑拉去帮忙。

背井离乡的日子慢慢也习惯了，红墙里的她过得有声有色。

三

盼望着，盼望着，海兰珠来了，她们姑侄仨倒是团聚了。海兰珠美貌动人、性子贞静，一进宫就迷倒了皇太极。那个驰骋四方的大英雄看海兰珠的眼神那般热烈、真挚，布木布泰从未见过他的这种眼神，那是他打了胜仗都没有的喜悦。

“六宫粉黛无颜色”绝不只是诗人的夸大其词。布木布泰眼睁睁地看着海兰珠宠冠后宫，那个手上长满了厚茧的男人是那么轻柔地牵过海兰珠的手，带她走进了关雎宫。

“关关雎鸠，在河之洲。”皇太极给了她姐姐至高无上的宠爱，海兰珠是他的淑女，是他真心相待的爱人。布木布泰待在她的永福宫，听着旁人恭贺着“庄妃娘娘吉祥”，只觉得一切索然无味。

皇太极对海兰珠的爱是毫不隐藏的，从颇有深意的宸妃之位[1]到一出生就让他欣喜若狂的八皇子。那种喜悦之情，她看得真真切切。他就像初为人父般，小心翼翼地抱着八皇子，生怕他有一丁点儿闪失。

然而世事难料，八皇子福薄，匆匆而来，又匆匆而逝。海兰珠受了打击，身体日渐消瘦，没过多久也去了。那时还在前线冲锋陷阵的皇太极听此噩耗，犹如五雷轰顶。上天将爱人、爱子送到他身边，又狠心地一一夺去，好不凄凉。

布木布泰坐在永福宫里听着一连串的噩耗，叹息不已，红颜薄

[1] 皇太极用古代名妃常用的封号封海兰珠为宸妃，其后又根据《诗经》将宸妃居住的寝宫命名为“关雎宫”。

命哪。她牵着稚气未脱的福临，祈求上苍一定要让他们母子平平安安。

皇太极忽然逝去，她还来不及悲伤，宫中已经乱作一团，多尔衮与豪格为争夺帝位争得死去活来，两个人都不肯退让分毫。随后，她6岁的儿子福临突然得到了多尔衮的支持登上了皇位，一时震惊朝野。

也许是幼子继位，身为皇叔父的多尔衮便能名正言顺地掌控朝政，也许是别的目的，布木布泰不得而知。她母凭子贵当上了太后，多尔衮则成了权势滔天的摄政王。

四

坐上圣母皇太后的位子，她就要对得起这个位子，承担起该承担的责任。福临年幼，对朝政之事一窍不通，她要好好培养他。

于朝政之事，布木布泰有过人的天赋，一点就通。当年皇太极俘获洪承畴，众臣轮流劝其归降，洪承畴这个硬汉却一直不为所动。她想为皇太极分忧，便毛遂自荐，表示愿意一试。动之以情，晓之以理后，洪承畴终于被她劝降了，她立了一大功。如今她更是用心学习治国之道、用人之道，竭尽全力治国安民。

多尔衮在外骁勇善战，稳固江山，她很放心。福临渐渐地大了，儿大不由娘，他也有了自己的心事，她干涉不了。

她站在那个位置，一刻也不能停。救济灾民、处理朝政大事，她小心谨慎，生怕出一点儿疏漏。但人非圣贤，总会有所疏漏，她在越来越卓越的同时，福临也离她越来越远，他废掉了皇后，偏爱董鄂妃，又想废掉新皇后。她不知道他想干什么，正如他鞭尸多尔衮，她无力阻止一般，很多事情她都掌控不住了。

春节里鞭炮燃得很响，锣鼓也敲个不停，宫里喜气洋洋的，但就是在这万家团圆之际，她的福临去世了。白发人送黑发人，她的儿子就这样死在了宫里。她拯救了那么多百姓，却独独救不了自己的儿子。

痛彻心扉啊，悲伤席卷了她，但她是太后，还有那么小的孙子需要教导，她只能振作起来，继续背着重重的行囊，牵着小小的玄烨，告诉他如何做帝王。

五

她牵着小小的玄烨，告诉他为君之道。

看着小小的玄烨从潜心钻研学问、好读诗书到成为爱国爱民的明君，将这大清江山治理得井井有条，她很欣慰。

百姓安居乐业，街市阜盛繁华，这个励精图治的帝王很出色，大清的江山在他手里定会更上一层楼。

她走了，辛辛苦苦一辈子终于可以喘口气休息休息了。她没有选择和皇太极合葬，或许是因为她从未真正走进过这个男人，或许是想要一个人好好地回味这曲折离奇的一生。

她睿智多才、清醒理智，稳定了大清江山，得到了上上下下的称颂，更难得的是，她从未忘却初心，一直宽和待人，手上从未沾过鲜血。

后世的子孙一直对她尊崇有加，她有超人的才干、智慧，却从不逾越祖制，一直安分守己，做好皇太后、太皇太后该做的事情。

传言她曾下嫁多尔衮，似乎只有这样，多尔衮将江山拱手让给福临的决定才有理由。若真是如此，她也算是得到过真挚的爱情，虽然不像海兰珠和皇太极那样轰轰烈烈，但至少有人陪伴。

真真假假，传言也好，真相也罢，她为大清江山所做的分毫都会流传千古。可能，她 13 岁那年嫁的不仅仅是皇太极，还有早就注定好的大清江山。

那人却在灯火阑珊处

董鄂妃

一

“红运当头”大概就是天上掉下个皇位来继承。在寻常人还懵懵懂懂的孩童时代，六岁的顺治帝就已经坐上了龙椅，成了清朝入关后的第一位皇帝。

这个在多尔衮与豪格激烈的竞争下奇迹般登上皇位的男人，开启了他的时代。他虽然当上了皇帝，穿上了龙袍，办事却总受到牵制，婚事上也插不上半句话，迷迷糊糊地就娶了博尔济吉特氏。

天子大婚，举国同庆，偏偏顺治帝感觉不到半点儿喜悦，这个皇后虽然貌美，却非常让人不满意。之后，年轻气盛的顺治帝找了个理由就把这个貌美的皇后废了。可满蒙通婚的习俗还在，于是他又从科尔沁草原娶回了新一任皇后，也就是孝惠章皇后，这个新皇后性子温厚安静，顺治帝也就勉强接受了。

身居高位的人是高处不胜寒的，天下是他的天下，黎民百姓是他的百姓，他却还是生出了一种难以名状的孤独感，有人问他粥可温，有人与他立黄昏，却没人和他心有灵犀，灵魂的伴侣他求而不得。

普天之下，总会有人懂你的欲言又止，明白你眼角眉梢的思索，顺治帝等了十八年，终于等到了这个人。从此，他的言语终于有人应和，他的人生终于有了另一种期盼，他在遇见这个女人的前十多年里只是虚度年华。

董鄂妃，这个女子的出现让他变得热血沸腾，猝不及防的一场相遇，让 18 岁的顺治帝怦然心动。

二

董鄂妃是内大臣鄂硕之女，正白旗人，于顺治十三年（1656 年）入宫。

据说董鄂妃是襄亲王的福晋，后被顺治帝看中强行纳入宫中，这是一出打破了“恨不相逢未嫁时”，直接“心动不如行动”，火速与心爱的人朝朝暮暮的故事。但传言只是传言，事情的真相我们不得而知。

17 岁的董鄂妃因为顺治帝真挚热烈的爱入了宫，刚开始被册封为贤嫔，没过多久就晋升妃位，又过了一段时间，董鄂妃就成了仅次于皇后的皇贵妃。

顺治帝对董鄂妃的爱毋庸置疑，别的妃嫔生了孩子、立了功才被封为妃子，她却凭借皇上的宠爱扶摇直上，成了后宫里不容小觑的皇贵妃。

后宫里佳丽无数，论美貌，论才气，董鄂妃定然不是样样拔尖儿的，但在顺治帝心中，她无人能及。爱上一个人就是眼里、心里只看得到她，旁人不过尔尔，她是光，她是宫中的神话；爱上一个人就是犹如天雷勾地火般没有道理可循，他就是爱她爱得难舍难分。

被册封为皇贵妃这还远远不够，他还给了她一个后宫女子都羡慕的殊荣——颁布诏书，大赦天下。

大赦天下是在皇上登基、册立皇后、册立太子等重大事件上才会有的事情，是有喜事要天下百姓共同庆贺。顺治帝真是爱董鄂妃爱到了骨子里，才会这样完全藏不住自己溢出的爱意，迫不及待地想和所有人分享他那时那刻的欢乐。

董鄂妃是顺治帝的红颜知己，她从不会因为顺治帝的宠爱恃宠而骄，一直谦虚恭和、宽厚待人。她会在顺治帝批阅奏折时安安静静地待在他身边，替他研墨；她会对他嘘寒问暖，关心他生活的各个方面；她会安安静静地听他说那些天下大事，并恪守宫规，从不逾矩。

她是解语花，将他皱着的眉抚平，甚至她从来不要求专房专宠，反而劝皇上要雨露均沾，切不可只宠她一个人。后宫佳丽都是他的女人，如果因为她的出现，让其余宫妃都过上苦苦等待的日子，那她就是祸国殃民的妖妃。

宽厚大方如她，在宫人犯错时，她也会请求他从轻处罚。她勉励他要励精图治、发愤图强，每当他处理国事累了、倦了，总会见到她笑脸相迎，递来一盏茶，一天的愁绪就在这样的笑容里烟消云散。她是上天给他的恩赐。

三

善良宽和的她在顺治十四年（1657 年）生了下小皇子，虽然这不是顺治帝第一回当阿玛，他却高兴坏了，这是他爱的人为他生的孩子，意义非凡，他就像初为人父般喜形于色。

之后又是一次大赦天下。

她被册封为皇贵妃时，他欣喜若狂地大赦天下；他们的孩子出生时，他又一次欢呼雀跃地大赦天下。

可上帝给了他一颗糖，又给了他措手不及的一巴掌。孩子不过数月就夭折了，这个被寄予厚望的皇四子还没来得及读书识字就离开了人世。董鄂妃悲痛万分，顺治帝也心痛万分，他爱的女人为他生的孩子好端端地说没就没了。当初有多欢喜，如今就有多悲伤，顺治帝追封皇四子为和硕荣亲王，亲自为这个早早夭折的儿子写了悼文，抒发自己的悲痛之情。

好在，他们还年轻，还有机会生儿育女。

董鄂妃不是那种嚣张跋扈的女人，她自始至终都是宽和谦虚的，在后宫中向来与人为善。她距离皇后之位不过一步之遥，但她从不逾矩，皇后犯错惹怒顺治帝时，她甚至亲自求顺治帝饶恕皇后。因为她觉得后宫中的女人哪个不是身不由己？哪个不是寂寞如雪？虽然皇后之位是可以和他比肩而立的，百年之后更可以与他合葬，但她从不僭越，她只希望他平平安安，守住这锦绣河山便好。

对于比她位分高的皇后，她如母亲般小心翼翼地侍奉，皇后生病时她亲自照料，不辞辛苦；对于其他妃嫔也是视若姐妹般关爱呵护，将她们当作自己人，所以宫中上上下下无不称颂她。他不能时时陪着她，就将一位王爷的两个女儿带到她宫中由她照料，也算是给她解解闷，多点儿生活的念想。国家大事上她没办法替他分忧，只能在日常生活里对他体贴温柔，让他少些烦恼。

深宫这样深，他们却是伉俪情深。

四

病来如山倒，董鄂妃在顺治十七年（1660 年）病逝。红颜薄命，后宫中最温柔的那朵花凋敝了。

顺治帝悲恸不已，他睁眼闭眼都是董鄂妃的音容笑貌，这个让他爱到骨子里的女人就这样香消玉殒了，老天爷何其残忍，就这样夺走了他心爱的女人。

他洋洋洒洒写了一篇四千字的《孝献皇后行状》，字字珠玑，血泪而成。他追封董鄂妃为皇后，以皇后之礼葬之，举国同悲。她生前总是叮嘱他要爱护身子，她自己却先抛下他走了。除了差僧人念佛诵经，他更是用蓝笔批阅奏折长达四个月[1]，他知道自己行为逾矩，不合礼法，但是他还是给了她空前的身后名。

一切又回到了原点，有人问他粥可温，却不是那个人；有人勉励他勤政爱民，却也不是那个人。

宫里的哭声连绵不绝，他想要下旨赐死宫人为她殉葬，她在那边没人伺候、没人陪该有多么孤独。

他已经痛得没有泪了，这比用利刃刺了一刀还要痛，是痛彻心扉的痛，是撕心裂肺的痛，没有人可以感同身受。他们在一起的时日这样短暂，匆匆而逝，都没来得及细数。

没过多久，顺治帝染上了天花，病逝于宫中。他的心早就死了，这些天不过浑浑噩噩地活着。见不到董鄂妃对他莞尔一笑，也听不见董鄂妃嘘寒问暖，北风凛冽，他合上了眼。

他和她合葬于清孝陵，终于能永远在一起了。

几百年后，我们说起这位少年天子时，总会记得他与董鄂妃的那一段轰轰烈烈的凄美绝恋，这段故事让我们看到了帝王身上的温柔与深情，也看到了董鄂妃这样一个贤妃的得体温婉，这是一段蜜糖一样的帝后情。

[1] 清制中平时皇帝批奏折用朱笔，遇有国丧改用蓝笔，过27天后再用朱笔。

婉容

卿本佳人　奈何为后

一

“翩若惊鸿，婉若游龙。荣曜秋菊，华茂春松。”婉容的名字出自曹植著名的《洛神赋》。初次听到这个名字时，眼前浮现出一个清丽可人的女子，她应该有平安顺遂的一生，夫妻恩爱、儿女成群……然而这只是一厢情愿的臆想，这个名字充满美好寓意的女子一生凄惨，只留给人一声叹息。就像《洛神赋》里名动天下的洛神一般，下场凄凉，呜呼哀哉。

1906 年，清王朝已经是苟延残喘，婉容就在这一年的冬天出生了。那一天对于婉容来说是难以抚平的伤痕，她的母亲因为产褥热去世了，养她长大的是她的继母，也是她嫡亲姨母。

少女时期，她是无忧无虑的。其正白旗的身份是高贵显赫的，虽然不及皇室尊贵，但也是养尊处优。外面即使有风吹雨打，也自会有人为她遮风挡雨，那时的她从未想过有朝一日会身处龙潭虎穴。

琴棋书画是要学的，英语也是她的必修之课。冰雪聪明的婉容早早地就学会了这些，她既通晓传统的诗书文化，又能够和外国人用流利的英语交流。

飞上枝头变凤凰，养在深闺的姑娘大抵都做过这样的一个梦，那是统率六宫、母仪天下的威风，婉容或许做过，也或许没有，可命运却一声招呼也不打，就将她推上了那个位子。

二

1922 年，清王朝早已不复存在，溥仪的退位诏书都已经下了十多年，那是民国十一年。

在民国政府一系列优待清朝王室的举措下，溥仪在四张照片中随意画了个圈，那个被溥仪圈中的女子就是后来公然和溥仪离婚的淑妃文绣。帝王的婚事向来都是权衡利弊，哪怕君权不再，溥仪的婚事还是受到了太妃们的干涉。

出身名门、知书达理的婉容受到了端康太妃的喜欢，溥仪听之任之，答应迎娶这位正白旗的姑娘，文绣也入了宫，被封为淑妃。

圣旨一下，婉容乘着凤舆经过东华门入了宫。皇帝大婚，宫中热闹非凡，京城的老百姓也纷纷凑热闹，丝竹管弦之声热闹震天，灯火通明的紫禁城等来了最后的皇后。

但“热闹是他们的，我什么也没有”。帝后大喜的这一夜，婉容竟独守空房，溥仪只是匆匆一瞥就跑了。

新婚第一夜就备受冷落的婉容定是惆怅、悲伤的，本以为会是一桩上好的婚事，原来，父母眼中的光耀门楣、升官发财，旁人口中的皇后娘娘、千金之躯，也不过如此。她大概是最无能为力的皇后，大势已去，她没有三千佳人可以训诫，后宫不过是寥寥数人，她没有丝毫当上皇后的欢呼雀跃。

在这偌大的紫禁城里，几方势力的角逐、朝不保夕的局势、身不由己的命运，从她刚刚入宫起就已经无处可逃，只能“既来之，则安之”。

三

溥仪崇尚西洋文化，婉容也受过西洋文化的熏陶，两个志趣相投的年轻人也有过短暂的欢乐时光，这大概是他们一生中最安宁畅快的日子，与之后的动荡离乱形成鲜明对比。

文绣和婉容这两个深宫里的女人并不是那么针锋相对，桎梏的礼教已经不复存在，妻妾之间也远比旧时尔虞我诈的后宫风平浪静得多。

性子活泼的婉容喜欢英文，英文名字是“伊丽莎白”，沉稳老实的文绣也赶了趟热闹，英文名为“爱莲”。这两个年纪相仿的女子，离开了家人的庇佑，孤身来到了深不可测的紫禁城，也算是建立起了深厚的友谊。

婉容不知道为何惹了文绣生气，有皇后之名的婉容还特意写了一封信以表歉意，信是这样写的：“昨接来函，知 you 之兰楮闷，倪以痊愈，I 甚欣慰之至。and 诸君勿怕，me 错误，念 I 是于君互相立誓，彼此均不得再生误会……”半中半英的夹杂，颇是俏皮可爱。

淑妃文绣的回信倒是指出了婉容信中的多处错误，还告诉她要好好更正。性子宽厚的婉容丝毫不介意，反而活泼搞笑地写道：“爱莲女士吉祥……爱莲女士进药了吗？爱莲女士进的好，拉的香。”

从她和文绣的书信中可以看出两人之间相处甚好，文绣应该是她在宫里难得的好姐妹，所以才能这般毫无顾忌，完全不用那些弯弯绕绕的含蓄、蕴藉。这时候的婉容虽然身处在压抑阴暗的皇宫里，却也有过快乐时光。

但是好景不长，冯玉祥发动“北京政变”，溥仪带着婉容、文绣去了天津租借地住下。京城的风风雨雨她已经听不到了，此处的莺歌燕舞倒是吸引了她。

出手阔气的婉容，马上被天津琳琅满目的商品吸引了。虽然她已经是名存实亡的皇后，但物质上是充实的，一年前她还曾为赈灾捐助了 600 银圆。如今，资金丰足，她开始挥霍无度。

灯红酒绿中，她烫了卷发，穿着旗袍，举手投足间却仍透着高贵。走出了沉重压抑的宫廷，她又披上了一层奢华的衣裳。

四

婉容在这里过得风生水起，溥仪也对她爱护有加，倒是最初被溥仪亲手画圈选中的文绣和他渐行渐远。

长期独守空房的文绣、不堪冷落独孤的文绣，拿起一把剪子就往肚子上捅去，幸好被身边人将剪刀夺了下来。消息传到溥仪那里，这个见惯了深宫女人小把戏的男人，以为不过是做做样子，也就由着她去。

矛盾一触即发，文绣公然提出要和溥仪离婚，将私事公之于众。妃子要和皇帝断绝关系，这是史无前例的，虽然此时的帝王已经大不如从前，手上没有了生杀大权。这让皇室颜面扫地，溥仪更是脸上无光，他却将所有的罪过都归咎于婉容。大概因为婉容是皇后，却没有对“后宫”负起应负的责任。这让本来就不像皇后的婉容更加过得不成样子，既失去了皇后的尊严，也失去了丈夫的信任。

一天一天，日子渐渐流逝，溥仪依旧没有回心转意，他对婉容已经是视而不见了，不知他怨的究竟是命运荒唐可笑，还是沦为傀儡毫无自由可言。

伪满洲国建立后，婉容被带去和溥仪“团聚”，笼中鸟一般被人监视的生活、方寸的活动之地，困住了婉容的心，也困住了她的身。她想过出逃，甚至差人传过消息，可惜恰逢乱世，人人自保尚且难上加难，又哪儿有那通天的本事可以将她救出去？

她日渐绝望，这深宫她不该来，根本没有母仪天下的荣耀，有的只是徒有虚名的皇后之尊。丈夫不爱，绝情到怨她、恼她，她不过一介女流之辈，连自己的命运尚且不能主宰，她何错之有啊？

五

前尘往事里短暂的欢歌笑语不过是黄粱一梦，梦醒了，点上一支烟，模模糊糊中她看不清方向。

轻松地吸上一口，麻痹了神经，她得到了短暂的舒坦，渐渐地，她越发离不开那烟。

伤口痊愈需要纱布、药粉，可她的心已经千疮百孔，无药可医，只能靠着那些烟来止痛。清醒时，她一言不发；迷离时，她破口大骂那些将她推上这条路的人。

也或许根本不是为了止痛，她是想继续做一场梦，梦里她没有被选为皇后，还是待字闺中的少女，尚且不识愁滋味，根本不知男女之情，也不晓得情深不寿。

徒有虚名的伪满洲国消失了，日本人也仓皇败去。溥仪也不知道去了哪里，她很久没有见过他了。她被送去这里，又被送去那里，她已经不知道自己在哪里了。

那个从东华门坐着轿辇被抬进宫的皇后娘娘，荣光万丈，而如今，却这样凄凄惨惨地待在监狱里。暗无天日的日子毫无半点儿希望，外头有人庆贺，也有清王室一派的哀叹。

她以为入了宫再不济也会荣华富贵一生，不想却半生颠沛流离，毫无自由可言。眼前空空荡荡，她慢慢合上了眼。时代强加给她的伤痕已经随着她的逝去变得模糊，这沉重阴暗的日子，她终于逃离了，却是以死为代价。

这位末世的皇后，活着时享受不了前呼后拥的阵仗，就连死也没有举国同哀的悲伤。生命终结处，没有人来送她，她就这样孤零零地离开了这个沉重压抑的人世。

溥仪三年后听闻婉容死讯时，平静如常。这个女人他没有爱过，甚至没有怨过、恼过，剪不断，理还乱，到最后已经说不清了。

若是没有那道进宫的旨意，她在民国兴许会成为声名鹊起的名媛或者是赫赫有名的 ×× 夫人。但她无法选择，只能听从命运的安排，凄凄惨惨地过完这让后人叹息不已的一生。

歌姬篇

一自檀郎逐便风，门前春水年年绿

苏小小

一

烟柳画桥，和风微微，吴侬软语，杭州西湖自古便是文人墨客的一个梦。千古风流人物在西湖的美景中只愿长醉不复醒，春夏秋冬四季更迭，无论哪个时节，西湖美景都是美不胜收的。

西湖不止有断桥残雪，同为西湖三大情人桥的西泠桥上曾经在一千多年前发生过一段凄美浪漫的爱情故事。那是“多少楼台烟雨中”的南齐，六朝古都繁华如梦。

公元 479 年，微风不燥，从商的苏家迎来了一个粉雕玉琢的小千金，苏老爷高兴坏了，当即激动地为女儿取名苏小小。娇小可爱的苏小小自小深得苏老爷与苏夫人疼爱，两口子对这个眉清目秀的女儿几乎是溺爱。

苏小小过了一段相当幸福的童年。虽说苏家到了苏老爷这一代已经不像从前一样能在朝堂上占有一席之地，但是善于经商的苏老爷还是给了苏小小一段衣食无忧的少女时光。她喜欢读书写字，苏老爷对此十分满意。

可惜世事无常，父母双亡的消息让她遭受了重大打击，才刚过及笄之年的她只觉得天都塌下来了。疼爱她的双亲不在了，她要怎么面对这个繁华的人世啊？幸好有贾姨妈在她身边衣不解带地安慰她，她这才撑了下来，带着父母留下的积蓄，她与贾姨妈一起搬去了西泠桥畔住着。

西湖风景美，绿水青莲，鸟语花香，她吹着清风哼着曲，看着来来往往的宾客，觉得心情舒畅。

二

她生得一副好相貌，又喜好文墨，颇有几分才气，久而久之，前来西湖的青年公子都知道了这里有一位与众不同的女子。她大大方方地与他们一起吟诗作对，才气从来都不输给那些饱读诗书的人。

虽然婚姻之事她不着急，可是贾姨妈却着急了，正是如花似玉的年纪，应该赶紧找个有前途的人嫁了，她一介女流总不能拿着父母的积蓄过一辈子吧？何况这银两越用越少，总有用完的一天。苏小小劝贾姨妈道，感情这种事要靠缘分，她宁愿以文会友，为那些人抚琴高歌，也绝不愿意踏入侯门王府。

古人都说："侯门一入深似海，从此萧郎是路人。"她要过得潇潇洒洒、自由自在，西湖的山山水水她还没看够，怎能居于侯门王府那不自由之地呢？她要活得坦坦荡荡，人这一生只有一回，一定要随心所欲。

春光明媚时，苏小小特意描了眉，涂上了口脂，乘着油壁车[1]外出游玩。街市上热闹非凡，行人络绎不绝，她高兴地掀起车帘看

[1] 古人乘坐的一种车子，车壁用油涂饰。

着街头的小贩在奋力吆喝着。忽然，她听到一声马嘶，转过头来便看见路上有一个穿着青衫的男子摔倒了，她的油壁车撞了他的青骢马。

苏小小赶紧下车道歉，年轻的公子也拍了拍身上的灰尘站了起来，四目相对，一下子产生了火花。感情来得太忽然，就像她的马车意外撞了他的马，让人无力控制。

那位公子叫阮郁，他是恰巧来到杭州，谁知竟会碰上这么一个貌美的姑娘。美人有意，公子有心，眼波流转间，他们就明白了对方的心意。阮郁丝毫不介意苏小小的身份，他明白这姑娘洁身自好、品性高洁，他与她携手去看西湖的荷花初绽，一同欣赏夕阳西下，西湖到处都留下了他们的身影。

她为他们的相遇写下了一首诗："妾乘油壁车，郎跨青骢马，何处结同心，西陵松柏下。"

他低低在她耳边说着永生永世的诺言。花前月下，他们都相信永远。

三

"嘚嘚"的马蹄声惊扰了两个人的甜蜜，阮郁的父亲听说儿子居然和妓女在一起后怒不可遏。他在朝中为官，素有名望，他们家绝不接受这样的风尘女子，于是就速速派人去西湖要把阮郁带回来。

父命不可违，阮郁是个听话的儿子，他骑着青骢马而去，离开之前他让苏小小一定要等他，他一定会把她娶回家当他的正室夫人。

这场感情不过是一场镜花水月而已，阮郁回到家后没有履行诺言，也许他奋力争取过，也许他迫于压力，最后还是软弱地选择了放弃。总之，苏小小一直在西泠桥上等呀等，怎么都等不到那个归人。花开花落，她等得心灰意冷。

原来，他不是个归人，只是个过客。明白过来的苏小小变得沉默了，海誓山盟犹在耳边，却已经物是人非。男女之事终究是要掺杂别的东西，门当户对才是父母最期望的结果，她有一张嘴，却不能让所有人都知道她是清白之身。

她以为阮郁是不介意那些虚名的，她以为他们可以一直幸福下去，可是现实给了她一巴掌，让她彻底地清醒过来。她不该奢望那些虚无缥缈的感情，那些别人唾手可得的东西，对她来说是很遥远的。

阮郁不属于她，周围的山山水水却是她的，永远不会离开她的也只有那一片青山绿水了。簌簌风，潺潺水，她拥有的是大自然的馈赠。美人依旧是美人，身为名妓的她还是得到了很多男人的喜欢，那些男人大胆地向她表白，她都毫不犹豫地拒绝了。

她爱的那个人在远方，她骗不了自己的心。纵然有埋怨、有怨恨，却还是念念不忘。那些个夜晚里，她辗转难眠，偷偷拿起曾写过的诗作看了又看。她有她的倔强，纵然孤独老死，她也不要嫁给一个她不爱的人，索然无味地过一生。

四

又是一年春天，她在西湖边上散步，乱花渐欲迷人眼，人来人往间，她看到了阮郁。她追上前去，那公子却说他叫鲍仁。原来是她认错了人，可是鲍仁酷似阮郁的面貌让她忍不住多问了几句，得知鲍仁家境贫寒，他寒窗苦读十年，此次是准备上京赶考的，恰好路过杭州西湖。

苏小小看到鲍仁这般落魄，打定主意要帮他，她拿出自己的积蓄赠给鲍仁，说祝他高中状元。鲍仁本是不想接受陌生人的帮助，可是苏小小执意要赠给他，他只好接受。他说等他功成名就后，一定不会忘记苏小小的恩情。

后来，鲍仁果然不负苏小小所望，他被任命为滑州刺史。君子重诺，鲍仁准备前去感谢苏小小当年的恩情，可是于他有恩的苏小小却已经病逝了。据说是郁郁而终，药石无灵。19 岁的苏小小死在了她一生最爱的西湖山水中。鲍仁一个七尺男儿痛哭不已，亲笔写下“钱塘苏小小之墓”。

苏小小这一生何其悲哀，她那么倔强，宁愿一个人孤独老去，也不愿意嫁入侯门王府。遇到了薄情郎阮郁，她怨、她恨，可她从不自甘堕落，一直都保持着自己的高洁，坚强得像朵铿锵玫瑰。她没有享受过多少温暖，却一直把温情送给别人，哪怕是素昧平生的人。

“昨日树头花，今朝陌上土。恨血与啼魂，一半逐风雨。”明朝袁宏道挥笔写下这样的诗句。

“幽兰露，如啼眼。无物结同心，烟花不堪剪。草如茵，松如盖。风为裳，水为佩。”“诗鬼”李贺[1]这样悼念她。

“一自檀郎逐便风，门前春水年年绿。”唐朝花间词派诗人温庭筠如是说。

苏小小的死，就像一颗朱砂痣，长在了历代文人墨客的心中，成了他们心中永恒的梦。他们怜悯苏小小的境遇，为她写下不少脍炙人口的诗句。这个女子有情有义，集美貌、才华于一身，却无人

---

[1] 李贺为唐朝人。

怜爱，被人抛弃，当真可惜。

佛曰：人有八苦，生、老、病、死、怨憎会、爱别离、五阴炽盛、求不得。苏小小的这一生尝尽了最后一苦：求而不得。她想留住那场最为纯粹的爱情，最后却不过一场空，唯有那青山绿水陪着她。

而今西泠桥旁风萧萧，小小的青冢旁留下了许多脚印，来来往往的游客都在叹息这位南齐名妓的故事……

淡妆浓抹总相宜

王朝云

一

苏东坡以一首《江城子·乙卯正月二十日夜记梦》让世人知道了他对妻子的念念不忘。那是十年阴阳相隔后，忽有一夜梦见了那个十六岁就嫁给自己的姑娘，往事如潮水般纷至沓来。他依稀记得那个对着铜镜梳妆打扮的姑娘是如何知书达理，两人又是怎样举案齐眉的，然不过须臾一梦。

“十年生死两茫茫，不思量，自难忘。”此句一出，不禁让人潸然泪下，这种思念欲说还休，让人瞬间记住了苏东坡的情深义重。

所有的故事都会有后续，举案齐眉的夫人逝世后，苏东坡娶了先夫人的堂妹王闰之。王闰之是个贤妻良母，对堂姐留下的孩子视如己出，在生活上也给予了苏东坡莫大的关怀，才华横溢的苏东坡的词作里也出现过她的身影。

文人们总是会将情感流于文字，一字一句之间，那些文字就有了生命，带着思念、感激、惆怅、愧疚等种种情绪。苏东坡是不吝于表达的，他的词作中有对原配妻子的追忆、第二任妻子的感激。但在苏东坡的词作中出现最多的女子却不是这两位妻子，而是一个叫王朝云的侍妾。说是侍妾，又不只是侍妾，王朝云更是苏东坡的知己、好友，她一直陪伴在苏东坡身边不离不弃。富贵繁华的日子，有她在他身侧红袖添香，贬谪清贫的岁月里，她与他共患难。

她是在苏东坡的词作里出现次数最多的女人，也是被历代文人所仰慕的女子，她的一生与苏东坡紧紧相连，历史记住了她的名字，也记住了她身上的那些故事。

二

钱塘自古繁华如梦，杨柳依依，画舫争驰，芙蕖袅娜，正是一片江南好风景。

与钱塘江的风平浪静不同，朝堂新旧两党相争，风云莫测、变化无常。38 岁的苏东坡因为反对王安石变法，被一道圣旨贬到了杭州城做官。

某日，苏东坡应着好景、好天气，与好友相约西湖赏景。六月的西湖荡着碧波，十里的荷花娇羞妩媚。见此美景，苏东坡诗兴大发，作了那首著名的《饮湖上初晴后雨》，他写下：“水光潋滟晴方好，山色空蒙雨亦奇。欲把西湖比西子，淡妆浓抹总相宜。”

那日，王朝云照旧在西湖边跟着歌舞班等着人传侍，良辰美景奈何天，这样的风光自是要有歌舞助兴。于是苏东坡遇见了王朝云。

穿着薄纱裙的王朝云身姿婀娜，她在舞女中央翩翩起舞，远山眉如黛，面有芙蓉色，苏东坡见到这样的美人心中不禁一动。西湖风景美如画，可是王朝云的美丽在西湖面前也毫不逊色。

然而如此美人却是身世凄苦，小小年纪就靠着歌舞维持生计，可她身上有股出淤泥而不染的气质。大才子苏东坡发现了，对王朝云十分欣赏，王夫人也没有阻拦。于是，王朝云成了苏东坡府上的一名侍女，她和很多侍女一样爱慕着苏东坡，但她又和很多侍女流于表面的喜欢不一样，她懂苏东坡所有的情绪，这种喜欢深刻而浓厚。

王朝云是懂苏东坡的，虽然她没有亲眼见过朝堂上新旧两党激烈的斗争，但是她看得到苏东坡心里的苦闷和惆怅。男人都渴望建功立业，可心想事成的少，怀才不遇的多，苏东坡三番五次被贬，王朝云也陪着他经历起起伏伏。

三

有一次，刚刚用过膳的苏东坡突然指着肚子问左右侍女："你们说我这肚子里装的是什么呢？"旁边的侍女纷纷抢答，有的笑着说是文章、是才华；有的说是智慧、是见识。轮到王朝云了，她才缓缓地说："是一肚子的不合时宜。"这个回答无疑是最合苏东坡心意的。

朝堂上风云诡谲，他有一肚子的治国之策，却全无用武之地，他的见解、看法得不到肯定，一贬再贬，不知何时休。遭受过"乌台诗案"的牢狱之灾后，他开始变得平静，但这平静之中是有叹息的，虽然他总是故作轻松豁达，但这状元之才无处可用，他心中也是郁郁不得志的。

王朝云看透了他肚子里那些不合时宜的思想，其实那哪里是不合时宜，只不过是英雄无用武之地而已。

黄州清苦，他们也不再如昔日般手头宽裕，但是王朝云一直陪在苏东坡的身边，用她柔弱的肩膀给了苏东坡莫大的安慰。

即使日子过得很苦，她也能苦中作乐。她是一个冰雪聪明的女子，她能将寻常的猪肉做成一碗香糯美味的食物。苏东坡对王朝云的厨艺很满意，每次王朝云做这种肉时，总是会被他一扫而光，这种肉后来被人称之为“东坡肉”。

在黄州的日子很是艰苦，但是有陪伴在身侧的知己，有志同道合前来探望自己的好友，有贤惠大方的妻子，有娇憨可爱的孩子，苏东坡的生活也就没那么苦了。

他的词作中总有风风雨雨、波折坎坷，但好像最后总能乐观豁达地一笑了之，这是因为生活也常常给他希望，哪怕再艰难也有些许安慰。

王朝云像苏东坡一样始终乐观、始终豁达，再苦的日子也能摘一朵花插在云鬓上自我欣赏。

四

绝处不会逢生，黄州苦后，还有惠州继续在前方折磨着苏东坡和王朝云。

这时的苏东坡已经过了耳顺之年[1]，他的第二任妻子离开了人世，家中的侍妾也已走光了，只剩下一个王朝云陪伴着他，给他带去心灵莫大的安慰，所以他直接写下：“予家有数妾，四五年间相继辞去，独朝云随予南迁。”

王朝云自始至终都紧紧跟着苏东坡，她仰慕他的才华，钦佩他的不吐不快，喜欢他的文人之气，所以她一直在他身边。

生活虽然清苦，但王朝云并没有丢掉自己能歌善舞的本领，她时不时会唱唱歌。生活枯燥无味，苏东坡听着轻柔婉转的歌声时，心里总是会有些许安慰。可她已经不是当年那个天真单纯的王朝云了，她在经历了那么多风风雨雨后，再也无法不识愁滋味地唱那些词。

---

[1] 60 岁的代称。

她每次唱到“花褪残红”就再也唱不下去了，苏东坡就会大笑着安慰她。

后来，她先于苏东坡离开人世，苏东坡大为伤感，这个任劳任怨的女子就这样死在了惠州。当年西湖边上的一场相遇，他以为她会跟着自己过上好日子，可这些年，她却一直过得清苦。她在他最艰难、最无望的时候始终安慰他，这样好的一个女子却病逝了。

随后，苏东坡为她亲写墓志铭，还写了很多词，他悲伤地写下：“不合时宜，惟有朝云能识我；独弹古调，每逢暮雨倍思卿。”

王朝云这般了解苏东坡，她是苏东坡的红颜知己，很多话他不用多说，她就已经心有灵犀。她值得苏东坡在雨夜里思念，她的德、才、色已经刻在了他的脑海里，哪怕阴阳相隔，也无法忘却。

苏东坡再也没有听过他写的那首《蝶恋花》，这首王朝云一唱就会掩面而泣的词，他没有办法独自听了，里面的“多情却被无情恼”还真是现实得彻底，可惜墙里再没有佳人笑了。

五

王朝云这一生都和苏东坡有关，她站在苏东坡的背后却并不被他的光芒所遮盖。

十二岁时，她敢于追随苏东坡的脚步，哪怕无名无分也愿意在他身边伺候，端茶送水、研墨做衣，从来都是心甘情愿的。后来的十几年，她更是自愿跟着苏东坡从这里贬到那里，即使偶然升迁，也过不了几天好日子，便又会被贬到穷苦之地。很多颜色姣好的侍妾都离开了苏东坡，不想跟着他过苦日子，她却自始至终都陪在他身边，和他一起苦中作乐。

她只是个再平凡不过的女子，可她的所作所为却让人觉得一点儿都不平凡，苏东坡和她在西湖相遇的那一天，到底是没看走眼。

我不知道是苏东坡的乐观豁达影响了王朝云，还是王朝云的积极向上影响了苏东坡，但两个人在一起总会互相影响，苏东坡能在那种清苦艰难的日子里保持着一种“一蓑烟雨任平生”的乐观心态，定然也少不了王朝云的功劳。

作为侍妾的王朝云，与苏东坡前后两任妻子的身份、地位相比，完全不能相提并论，她卑微得如同沧海一粟，可她愿意与苏东坡同甘共苦的精神足以与那两个女人一较高下。

在苏东坡心中，这个女人懂他，是他的红颜知己，是患难与共时，被他视为生命里唯一的女人，他为她所作诗词的数量也光明正大地告诉世人，王朝云之于他有多重要。

雨潇潇，风微凉，惠州城里有佳人又在唱着：“花褪残红青杏小。燕子飞时，绿水人家绕。枝上柳绵吹又少。天涯何处无芳草！”

妆罢立春风 一笑千金少

李师师

一

《清明上河图》里我们看到了繁华热闹的汴京城，勾栏、瓦肆都在宋朝时兴起。除了熙熙攘攘的街市，最引人注意的就是烟花之地。青楼里妓女不少，她们能歌善舞、能诗能画，但能一笑值千金的就只有李师师。

李师师出生于北宋都城汴京，她并不是什么千金大小姐，父亲王寅在小染坊里做事，每月银两只够维持温饱。

取名师师是一次机缘巧合。一日，王寅带着尚在襁褓中的师师去寺庙，恰好碰见一个胡子长长的老和尚，老和尚觉得师师与佛门有缘，便给她取名为“师”。王寅没读过什么书，觉得佛家说好，那一定是好的。师师，就这么叫出来了。

小师师一天天地长大，王寅一天天地苍老。后来，王寅不知犯了什么事，遭了大祸，再也没有机会踏出牢房与师师相见。小师师就这样变成了一个孤女，她小小的身子蜷缩在角落里，让来来往往的人看得很心疼。

在这个时候有人朝她伸出了一双手，说只要跟着她走就能吃饱穿暖，衣食无忧。李师师开心地站了起来，她跟在那个人后面离开了王家，走进了青楼，从此王家娇小可爱的王师师变成了青楼里明媚活泼的李师师。

在青楼里要学的东西很多，诗词歌赋、吹拉弹唱样样都不能少，李师师很用功地学，她天分高，总是一点就通，在同岁的姑娘中，她总是最拔尖儿的。

她的声音如黄鹂一般悦耳动听，唱起曲来满堂喝彩，那些达官贵人纷纷慕名而来，要一睹她的风采。她每天都穿着华美的衣裳，戴着时下最流行的珠钗，脸上敷着一层厚厚的脂粉，唱着、跳着，按部就班地生活着，日子天天重复，毫无新意可言。

声名大噪的李师师并没有觉得多快乐，她在等一场真正的欢乐。

二

那一天，青楼里来了一位特别的客人。这位客人名叫周邦彦，李师师虽然身在青楼，却久闻周邦彦大名，此人诗词文赋样样精通。

她读着周邦彦的词，觉得十分婉丽柔美，那些缠绵的男女之情被他写活了，透过一个个字，她仿佛看到了无数相爱的男女，他们都在为情所困、为情而思。

周邦彦的岁数比她要大许多，她又是这样的身份，实在不敢产生什么非分之想。两人交谈之下觉得志趣相投，一时竟是忘了时间，这就是所谓的知己吧。周邦彦也没料到，一个青楼女子居然如此懂他。

渐渐地，两人常常在一起谈论诗词，李师师经常做周邦彦的第一个读者，用现在的话来说，她是周邦彦的头号粉丝。两人之间的感情发乎情，止乎礼，是真正的君子之交。

许是李师师的名气太大了，竟然传到了宋徽宗耳中。某日，宋徽宗来民间游玩，他慕名来到了李师师所在的青楼，点名要见李师师。李师师哪敢不从，见那男子仪表堂堂、气度非凡，就知道定是惹不起的大人物。

朝中大事恼得宋徽宗很是头疼，宫中佳人无数，却无一人能为他分忧，在李师师的歌声中他才稍微舒缓了一点儿。李师师小心翼翼地侍奉着这位贵人，不敢乱说一个字。后来，她才知道这个男子是当朝天子。

宋徽宗心思不在朝政，爱好书法，泼云洒墨间叫人惊艳，饶是看过许多名帖的李师师也不得不对宋徽宗竖起了大拇指。对着九五至尊的宋徽宗，她有了一丝心动。

宋徽宗每次来看她都会听她唱曲，她一一遵命。她不知道宋徽宗忧虑的是何事，也没有资格询问，只能遵照他的话为他解忧。

三

她枯燥无味的生活因为周邦彦与宋徽宗的到来，变得有了一抹色彩。有人同她谈诗词歌赋，有人拥她入怀。

某日，周邦彦来寻她，两个人如往常一样谈起诗词歌赋，说着最近所感，正说得兴起时，有小丫鬟来报，说宋徽宗来了。李师师急了，一时不知所措。她与周邦彦虽然清清白白的，可是孤男寡女同处一室，总是免不了惹人遐想，那人还是天底下最尊贵的皇上，帝王之怒，谁担当得起啊！

脚步声逐渐逼近，容不得李师师再犹豫了，她让周邦彦赶紧躲进床底下避避，随后长呼一口气，打开门迎接宋徽宗。原来，宋徽宗是来给她送橙子的，宫中新进贡了橙子，味道格外鲜美，他就想与美人一起分享分享。

李师师很给面子地吃了一个橙子，味道果然不错。宋徽宗在屋里多待一秒钟，她的紧张就多一分。屋里的两个人都在盼着宋徽宗赶紧走，宋徽宗却浑然不觉，李师师委婉地劝了许久，他才恋恋不舍地离开。

送走宋徽宗后，周邦彦从床底下爬了出来。大才子诗兴大发，写了首词："并刀如水，吴盐胜雪，纤手破新橙。锦幄初温，兽烟不断，相对坐调筝。低声问：向谁行宿？城上已三更。马滑霜浓，不如休去，直是少人行。"宋徽宗与李师师在屋里谈情说爱，他周邦彦却要委屈地躲在床底下，真是憋屈。

李师师见周邦彦写的这首新词不错，特别是"并刀如水，吴盐胜雪"，简单意美，就谱了曲弹唱起来。谁知唱着唱着就成了习惯，一不小心在宋徽宗面前也唱了出来。宋徽宗听到后大怒，居然有人敢躲在床底下看他和美人谈情说爱，真是胆大包天，当即下旨把周邦彦贬了。

李师师千算万算也没料到会因为一个橙子发生这么多事，是她连累了周邦彦，她自责不已，心情抑郁，精神憔悴。后来她又在宋徽宗面前唱了周邦彦的其他词，宋徽宗觉得此人有才，不该埋没，这才将此事翻篇。

四

金军挥兵南下，北宋岌岌可危，宋徽宗仓皇退位，将皇位传给了儿子赵桓，即宋钦宗。金兵步步紧逼，宋军节节败退，纵有爱国忠君的将领也难以力挽狂澜，一场"靖康之难"，北宋就亡了。

汴京城里一片狼藉，繁华的街市变得满目疮痍，大宋皇室三千余人被金兵押着北上，北风凛冽，每一个大宋臣民皆是心中一痛。

李师师站在寒风中，心凉如水。

她是女子，虽然不能光明正大地穿上盔甲，拿着长刀、长枪去杀敌，但是她愿意捐躯赴国难。被俘虏后，她抵死不从，她不想苟且偷生，哪怕前面是烈火焚烧，她也无所畏惧。

君王之恩，她无以为报；亡国之痛，她铭记在心。在苟且偷生与以身殉国的两种选择中，她毫不犹豫地取下发簪刺向脖颈。那一刻，她眼神坚定，毫无畏惧，那是一种视死如归的气概。

她不懂什么天下大事、江山社稷，她却牢记自己是大宋的百姓，国破家亡，她“宁为玉碎，不为瓦全”。她不怕流血，不怕疼，只想用自己的行为告诉敌军，大宋的子民是有气节的！山河破碎，但她们绝不任人摆布，妓女也是有尊严的，她只为她的君王清歌一曲，至于其他人，她宁死不从。

她掌控不了国家局势，也没有那么大的能力可以扭转乾坤，但她可以主宰自己的人生。她轰轰烈烈地死在大宋，死得其所、死得悲壮，她的死也唤醒了那些苟且偷生的人，唤醒了他们的爱国情怀。

烟花女子在国破家亡之际能够这样刚毅决绝，至死都不容人玷污，着实令人佩服。很多男子平时言之凿凿，到了关键时刻却临阵脱逃或者投降求饶，李师师身为一介女流能够站着死，真可谓壮哉。

鲁迅先生称呼刘和珍为刘和珍君，她为了请愿壮烈牺牲，唤醒了麻木不仁的人，李师师作为一介女流，视死如归，也担得起一声“师师君”吧？

陈圆圆

冲冠一怒为红颜 悲歌一曲佳人泪

一

在秦淮河畔有八个女子，被称之为“秦淮八艳”，她们个个声名远播，命运却各有各的不同，其中最可怜的当属陈圆圆。

陈圆圆出生于江南，原本姓邢，可能是命里缺水，取名为沅，小字叫圆圆。邢家并不富裕，生活贫苦而拮据，仅能维持温饱。没过几年，圆圆的父亲便去世了。她被姨夫、姨母一家收养，也就跟着姨夫改为陈姓，开始了寄人篱下的生活。

她生得粉雕玉琢，十分漂亮，小小年纪就能隐隐看出来日后定是个倾城倾国的大美人。年幼的她很懂事，经常帮着姨母干些力所能及的活儿，可是没过多久她就被卖进了梨园。

姑苏城春风拂面，但陈圆圆只觉得春风料峭。她也毫无办法，只能既来之，则安之。她天生有副好嗓子，再加上勤学勤唱，一步一个脚印登上了台，在台上她一展歌喉，且身段柔美，明明拿的只是红娘的角儿，却能比主角崔莺莺更让人过目不忘。

戏台上，她是促成崔莺莺与张生的红娘，活泼机灵，讨人喜欢；生活中，她凭借美貌与才气声名大噪，机缘巧合下邂逅了才子冒辟疆。

这一次她不是红娘，她拿的是崔莺莺的角儿。

她为冒辟疆轻唱了一曲，冒辟疆拍手称好。对上冒辟疆的目光，她的脸不由自主地红了。这种感觉很微妙，就像《西厢记》里她没唱过却曾听过的崔莺莺的唱词。冒辟疆握住了她的手，她点点头，害羞地笑了。

可惜，冒辟疆是张生，她却不是崔莺莺，在她的这出《西厢记》里，她只是个过客，甚至连红娘都算不上。历经无数变迁后，冒辟疆选择与同为“秦淮八艳”之一的董小宛白头偕老。不过，这都是后话了。

二

大明朝处在风雨飘摇中，李自成的起义军惹得崇祯帝非常不快。这时，田贵妃的父亲田弘遇看中了陈圆圆，他的女儿田贵妃深得崇祯宠爱，偏偏红颜薄命去世了，田弘遇想要稳固下与女婿崇祯帝的关系，就欲献上绝世美人陈圆圆。

这算盘打得不错，可惜崇祯帝没空儿女情长，江山岌岌可危，崇祯帝烦心的事多着呢。田弘遇只好灰溜溜地把陈圆圆又带回了自己府上。

田府就像一座牢笼，困住了陈圆圆。她想去找冒辟疆，他们曾有过海誓山盟，可是她根本出不去，只能夜夜抚琴，弹得那是一个凄凉。她的心事无人能知，那些人总叫她唱曲儿，每次她都要强颜欢笑。

某次，吴三桂来到了田府，席间觥筹交错，宾客相谈甚欢，如此良辰美景，自然少不了美人助兴。英雄难过美人关，陈圆圆的轻歌曼舞，瞬间迷倒了吴三桂。吴三桂一生见过的美人数不胜数，可是与陈圆圆相比，那些便都是庸脂俗粉，他执意要带陈圆圆走，完全不问陈圆圆是否愿意。

面对这样一个强势的男人，陈圆圆不敢不从，吴三桂手握重兵，她根本惹不起。吴三桂十分宠爱她，看向她的目光总是格外炙热。她不能拒绝，只能选择妥协，只是每每想起冒辟疆，她就心痛不已，她不能做他的崔莺莺真是遗憾啊！

她在吴府过得衣食无忧，可是她也明白吴三桂爱的只是她的美色，书上说“色衰而爱驰”，等到美人迟暮时，吴三桂恐怕就会将她抛之脑后，任由她自生自灭吧。

三

太平盛世才可以轻松地说儿女情长，局势紧张的情况下，风花雪月都要暂且搁置一边。吴三桂受命前往山海关，山海关地势险要，自古就是兵家要地。

大明已经日薄西山了，浴血奋战也抵不过敌军的来势汹汹。1644 年，崇祯帝自缢于煤山，李自成攻占京城掳走了陈圆圆，陈圆圆吓得花容失色，随后她又落入了刘宗敏手中。她不过是个手无缚鸡之力的女子，被这个抓来、那个抓去，真的很心酸。

国破家亡，不少人选择了以身殉国，不过吴三桂不会做这种事，他在山海关听到部下来报，不禁气得咬牙切齿，是可忍，孰不可忍！他本来打算投靠李自成的，但李自成居然掳走了陈圆圆，这不是在逼他投降清军吗？！

“大丈夫不能自保其室何生为？”于是，吴三桂冲冠一怒只为陈圆圆，其后，引清兵入关。李自成听到这个消息后无比生气，吴三桂居然向清军投降了，气节何在！李自成最后败在了清军与吴三桂手中，来也匆匆、去也匆匆的闯王就这样与皇位擦肩而过。

清兵入关后，吴三桂作为功臣自然赏赐不断，他被封为平西王，去了云南。而关于陈圆圆的故事，到了这里就开始有了分歧。

有人说，那个倾城倾国的美人在国破那一天就自杀身亡了，她一辈子都由不得自己做主，一生漂泊，一生颠沛流离，终于在死这件事上做了一回主。

也有人说，吴三桂在战火中找到了陈圆圆，他带着她去了云南。虽历经世事，但他仍将她捧在心尖，小心翼翼地珍爱着，生怕她受一丁点儿委屈。可是，当陈圆圆年老色衰之时，手握重权的吴三桂又爱上了其他美人，她在平西王府受到了前所未有的冷落，王妃也常常奚落她。在看破红尘后，她选择了出家为尼，唯有远离红尘，才能得到真正的清净。后来，吴三桂病逝，她也跳进了莲花池，结束了生命。

总之，众说纷纭，真假难辨。我倒希望她在国破那一刻选择了自缢，至少她不用再遭受颠沛流离之苦，被人抢来抢去，没个消停。若是她跟着吴三桂去了云南，最后落得个失宠的结局，那才是凄惨——“冲冠一怒为红颜”让她背负了千古骂名，却原来只是爱慕她年轻时的容颜。

西风冷，大雁归，谁在梨园化着浓妆唱着《西厢记》？

四

陈圆圆的这一生都是任人摆布，没有人问过她的意愿就把她抢来抢去。

遇见冒辟疆的时候，她幻想过永远，可惜他们没能像《西厢记》里唱的那样“愿普天下有情的人都成了眷属”！戏如人生，人生如戏。戏台上她是陪衬，现实里她也是个配角。冒辟疆把风花雪月给了她，却把白头偕老的誓言给了董小宛。故事里的张生找到了他的崔莺莺，就没有人再记得红娘。

后来，她不幸落入田府更是叫天天不应，叫地地不灵，好不容易来了个吴三桂救她脱离牢笼，却转头又将她带进了另一个牢笼。因为吴三桂，她背上了千古骂名，无端受到了许多指责。人们说，如果没有她，清军怎会如此顺利地就入了关？人们说，都怪她红颜祸水，搅得局势一团糟。

这一切骂名她都被动地接受着，没有说过一句“不是”。她没有料到吴三桂为了她竟会这般愤怒，愤怒得都失去了理智，也可能“恸哭六军俱缟素，冲冠一怒为红颜”只是吴三桂的一个借口。有了这个借口，他引清兵入关的骂名就可以有另一个人帮他分担，反正红颜祸水是个用不烂的好借口。

她没有自由、没有欢乐、没有幸福，只有数不尽的哀愁，没有人怜悯她。年少时便寄人篱下，尝尽人间冷暖，长大后也没有片刻安稳，一直颠沛流离。那些倾慕她的男子也都只是喜欢她美丽的容颜，待到容颜老去，她就像廉颇一样，无人问津。

她是“秦淮八艳”里倾城倾国的陈圆圆，有着最美的容颜却过着最苦的人生，明明一切都与她无关，却被硬拉进了一场有口难言的是是非非中。可悲，可叹。

“悲欢聚散一杯酒，南北东西万里程。”戏台已经搭好，谁来一曲《西厢记》，再扮一回红娘，赢得满堂喝彩呢？

最是西泠寒食路
桃花得气美人中

柳如是

一

每个流落青楼的女子，总有段不愉快的过往，作为“秦淮八艳”之首的柳如是也不例外。

柳如是本姓杨，名爱，可这样一个充满爱的名字却没有给她带来幸福。在她年幼时，家里一贫如洗，难以维持生计，母亲终日以泪洗面，最后迫不得已就将她卖了。不谙世事的她就这样被迫踏入了烟花之地。

教养她的妈妈姓徐名佛，人倒是不错，教她诗词歌舞，也算是她的半个恩人。她聪明伶俐，一学就会，在众多姐妹中算是个中翘楚。

十四岁那年，柳如是被大臣周道登选中，做了他的妾室。周道登那时已经年过花甲，两鬓斑白，而柳如是青春年少，正值妙龄，不过她也没有别的选择，只能跟着进了周府。好在周道登待她不错，见她年幼，便常常教她读书识字。柳如是聪慧过人，周道登教起来也是格外轻松。在周道登的庇护下，她过了一段安稳的日子，不用为了生活发愁，就是偶尔要听周夫人说教。

然好景不长，周道登没多久便驾鹤西去，柳如是在周府受尽白眼。

周府没了周道登简直就像虎狼窝，她根本没法儿保全自个儿。迫于无奈，她又回到了青楼，虽然她并不喜欢这烟花之地，可比起周府却是自在多了，于是她继续跟着徐佛学习技艺。

烟花在空中绽放，很是灿烂，清瘦的她却很孤独。

二

烟柳画舫，随水漂泊。人就如一片落叶，飘飘荡荡。她多希望自己是个男子，可以仗剑走天下，结交天下名士，与志同道合的人一起谈天说地。可她只是个女儿身，寄人篱下，如履薄冰。

“伫立望故乡，顾影凄自怜。”她为自己改名为影怜，顾影自怜。在松江她邂逅了陈子龙，陈子龙才情过人，且有一番雄心壮志，她早就听说过他的名字。百闻不如一见，她没想到陈子龙不仅才华过人，长相也是极为英俊，她对陈子龙一见钟情。

陈子龙也颇为仰慕柳如是的才气，对着美如芙蓉的柳如是，他不可控制地心动了。两个人花前月下，执手说着海誓山盟，过了一段风花雪月的好日子。她女扮男装，穿起了男子的衣裳，听着陈子龙同他那群好友畅谈理想，她从那里明白了家国情怀。

在柳如是心中，陈子龙是她的情郎，而在陈子龙心中，柳如是只是他的红颜知己，他可以同她秉烛夜游，却不会把她娶回家。

虽然柳如是禀性纯良，但是人言可畏，从小饱读诗书的陈子龙知道娶妻纳妾都是极为看重身份的。她若是良家女也就罢了，偏偏是个青楼女子，别说陈夫人不会答应，就是他也不想因为一时冲动而遭受非议。

柳如是看着陈子龙退缩了，他默默地放开她的手回了自己家中，随后，陈子龙投身于他的报效家国大业中去了。她没有挽留，有些人是留不住的，他是个风筝要飞上天空，但线不在她手里。

“安排无限销魂事。砑红笺，青绫被。留他无计，去便随他去。”她写下一首词，挥挥手作别了陈子龙。愿她心爱的人事事顺心，能够成为忠臣良将！

很多自幼相识的姐妹都找到了她们的归宿，她微笑地祝福她们，希望她们下半生无忧。而她自己仍旧不急不躁地过着，她要嫁一个真心待她的人，最好是可以明媒正娶。

三

江水悠悠，她乘着一叶扁舟，看青山绿水、春花秋月。

她喜欢读诗，也喜欢写诗。某次读到宋朝爱国诗人辛弃疾在一首词中写道：“我见青山多妩媚，料青山见我应如是。”一见到这句她便喜欢得不得了，于是就将名字改成了柳如是。

时下，大明江山风雨飘摇，她听说敌军锐不可当，节节逼近，崇祯皇帝忧心忡忡。她没有机会上阵杀敌，只能读读辛弃疾的词作，看着他只言片语间那种“马革裹尸当自誓”的雄心壮志便激动不已。可惜爱国的辛弃疾终生壮志未酬，只能写“廉颇老矣，尚能饭否”来抒发自己的苦闷。

二十岁那年，她遇到了她的真命天子——钱谦益。钱谦益，号牧斋，曾中探花，是东林党的领袖之一。钱谦益才高八斗，可惜仕途坎坷，壮志难酬，说起来也是一把辛酸泪。她绑起头发，换上男装，以“柳儒士”之名去拜访崇拜已久的钱谦益。

似金风玉露，谈笑间就胜却人间无数。年过半百的钱谦益与年纪轻轻的柳如是相恋了，他们不顾世俗的眼光走在大街小巷里，她是他的河东君，他是她的牧斋先生。也是在这个时候柳如是才明白真爱不分年龄，她与钱谦益差了整整 36 岁，可是没有人比他更懂她。

“垂杨小院绣帘东，莺阁残枝蝶趁风。最是西泠寒食路，桃花得气美人中。”她提笔写了首诗，钱谦益思忖片刻便和诗一首，这是他们的日常，平凡又自在。

钱谦益建了座宅子，取名为“我闻室”。如是我闻，佛经的开头几乎都有这样的四个字，他的宅子里有她的名字，他未来的蓝图里有她的一席之地。

当年陈子龙的退缩历历在目，钱谦益让她明白真情为何物。

四

哪怕有千万人反对，他们也要牵起对方的手，挺直腰杆向前走。

她嫁给了钱谦益，没有片刻犹豫。钱谦益给了她一场风风光光的婚礼，他不管什么人言可畏，也不理会那些流言蜚语，他让府中上上下下都称呼柳如是为“夫人”。

燕尔新婚，老夫少妻过得十分幸福。可是大明已经走入穷途末路，江山岌岌可危，并没有那么多时间可以儿女情长了。

1644 年，李自成攻占了北京城，崇祯帝在煤山自缢，他写下：“朕死，无面目见祖宗于地下，自去冠冕，以发覆面。任贼分裂朕尸，勿伤百姓一人。”随后大明的锦绣江山被清军铁骑踏平，柳如是眼睁睁地看着山河破碎。

她生是大明人，死是大明鬼。她跟钱谦益说不如以身殉国吧！钱谦益沉默不语，良久才道：“水太冷。”柳如是不敢置信地望着钱谦益，他不顾非议娶她的勇气哪儿去了？现在居然不敢以身殉国，说什么水太冷，这种懦弱让她愤怒！既然他不愿意赴死，那她就一个人跳河自尽，钱谦益奋力拉住了她，不让她跳河。

更让柳如是愤怒的还在后面，钱谦益居然大开城门迎清兵。她虽是个青楼女子，可也知道忠君爱国是为人之本，钱谦益一个男子汉大丈夫居然这样贪生怕死！为了苟且偷生，他还把头发剃了。他的文人风骨哪儿去了？

陈子龙当年懦弱得不敢娶她，可是现如今却挺直了腰杆，一直抗清，最后落得个投水自尽也无怨无悔，那才是七尺男儿该有的姿态！钱谦益去了京城，而柳如是待在家里哪儿也不去，她不肯原谅钱谦益。后来，钱谦益被下了大牢，她多方营救，钱谦益才从牢里放了出来。

她看着头发花白的钱谦益叹了口气。

五

后来，在柳如是三番五次地劝说下，夫妻二人一直暗中帮助反清复明势力，钱谦益去世后不久，柳如是自杀身亡。

谁说女子不如男，古有木兰替父从军，今有如是愿以身殉国。她虽在青楼长大，却有一股不输男子的爱国情怀。她只认大明，一生忠于大明，愿意以身殉国，纵然九死也不后悔。作为一个普通百姓，她从不置身事外，“苟利国家生死以，岂因祸福避趋之”。

亡国之痛，于君王来说是“故国不堪回首月明中”，于文人来说是张岱的《湖心亭看雪》那百来个字，人们总是赞叹他在《湖心亭看雪》中的那句：“莫说相公痴，更有痴似相公者。”可他的第一句却是让人心痛：“崇祯五年十二月，余住西湖。”因为张岱写这篇文章时，大明已经亡了许多年，可他仍然记得故国，忘不掉大明的皑皑白雪，轻描淡写就已让人感到悲痛。

柳如是也是个痴人，为国而痴，她不管什么男女之分，她只知道山河破碎，每个人都不能置身事外。她是大明的百姓，无法上阵杀敌已是遗憾，但以身殉国这件事她还是能做到的。被阻拦后她也不忘信念，用余生为复明势力贡献微薄之力，她用她的气节击碎了那些流言蜚语。

人们常说美人在骨不在皮，柳如是的美在于她的风骨，那是忠君爱国、有情有义，秦淮河的水流了千百年，那河畔的桃花应该依旧在笑春风吧。

盈盈一水间 脉脉不得语 顾横波

一

“有美一人，婉如清扬。”《诗经》里这样描写美人灵动的眼睛。

“眼明正似琉璃瓶，心荡秋水横波清。”擅长写诗的元稹将美人的眼睛比作秋水、玻璃瓶，形象而生动。

美目盼兮、顾盼生辉也都是形容美人眼睛的成语。

若用这些诗句、成语来形容顾横波那双动人的眼睛绝不为过，一个女人能够自信地将自己的号定为“横波”，自然是有一双含情目，眸中仿若有千斛明珠。

这是一个不流于世俗的女子，生长在明末那个时局动荡、天下大乱的年代，一双含情目见多了风流才子，也看多了离乱战火。从秦淮河边颇有才气的名妓到有权有势的一品夫人，她的这条路走得并不轻松。褒贬不一的声音充斥耳边，她却专心地走自己选择的路，认真而淡定。

“秦淮八艳”中，柳如是因为气节得到了极高的赞誉，一跃成为八艳之首；陈圆圆因为吴三桂的“冲冠一怒为红颜”而背上了骂名，同时也让她的美貌代代流传；董小宛的凄苦委屈让人不禁潸然泪下，叹息这个女子的深情不悔，埋怨冒辟疆待失去了才知道珍惜。

她们都在这离乱的年代里留下了自己的故事，结局或一命呜呼，或与青灯古佛相伴，让人惋惜美人福薄。而顾横波历经三朝却过得越发滋润，她和心爱的人终成眷属，还得了一品夫人的诰命，实属难得的幸运，可这份幸运也让她背负了骂名。“没气节”“苟且偷生”这些骂声扑面而来，压在了这个柔弱女子的身上，但她没有回击反驳，而是默默地接受了骂声，随后，依然走着自己的路。

灯火阑珊的秦淮河，有一个女子在唱歌，歌声悠扬又哀伤。

二

顾横波本叫顾媚，字眉生，后来她自个儿将名字改为顾眉，还取了个“横波”的号，在眉楼里会客。

顾横波诗词歌赋样样皆通，在绘画上尤其有天分，善画兰，约莫 17 岁就画出《兰花图》。这样一个鬓发如云、唇如蔻丹的女子，自然是少不了追求者的。桃花虽好，但若惹上几朵烂桃花就会让人心中生烦。

上天总会让你在恰当的时间遇到合适的人，顾横波遇见龚鼎孳的时候有点儿晚，已经过了女子最好的二八年华，但不要紧，他们的缘分很深，还有一辈子可以缠绵。

前途一片光明的龚鼎孳在途经金陵时看到了顾横波。回眸一笑百媚生，顾横波眸中有光，一下子就迷住了这个血气方刚的年轻人，才子佳人的故事就这样展开。

文人是不俗的，恋上一个女子总是会用笔墨来抒发自己的情感，表达一下自己的心意，龚鼎孳自然也不例外，高中进士的他一落笔就让人不禁拍手称赞。他是这么写的：“腰妒杨柳发妒云，断魂莺语夜深闻。秦楼应被东风误，未遣罗敷嫁使君。”

顾横波见到这样的诗句定是非常感动的，她是懂诗的，他直白流露的情感她看得到。这个男人与她情投意合，她笑得眼睛弯成了一道拱桥，更加迷人了。

眉楼纵然是销魂乡，但龚鼎孳还是无法长久停留，他要去京城赴任，两人只能依依不舍地话别离，是“执手相看泪眼，竟无语凝噎”。

鸿雁传书，是古时候浪漫的交流方式，云中龚鼎孳寄来许多封锦书，每首诗都是对顾横波的真情表白。“才解春衫浣客尘，柳花如雪扑纶巾。闲情愿趁双飞蝶，一报朱楼梦里人。”此诗此情，让她大为感动。

两地相隔，相思渐生，顾横波做了一个大胆的决定。

三

顾横波竟只身一人千里迢迢去京城寻龚鼎孳。一路的艰难可想而知，但她一直没有回头，这个弱女子就这样跑去京城见她的意中人了。

顾横波如此情深义重，让龚鼎孳大为感动。这个女子背井离乡来到京中和他团聚，而今时局动荡，她一路的坎坷自是不必多说他就已经了解，郎有情妾有意，一桩婚事就这样成了。

龚鼎孳是一个在仕途上有追求的人，心中装满了理想抱负，如今朝中权贵无能，他写了许多弹劾的折子递了上去，其内容言之凿凿、有理有据，没想到却因此引来了一场牢狱之灾，他被打进了大牢，顾横波在家中得知消息后泪流不止。

他们才刚刚成婚，他就因为惹怒了皇帝被关进了大牢，什么时候才能被放出来，谁也不知道。但顾横波一直坚定地等着，她四处打探龚鼎孳的消息，终于等到他被释放。

经历过牢狱之灾的人，重见天日后，自然是想通了不少。大明江山危在旦夕，可他无能为力，只能眼睁睁地看着京城被攻陷。听到崇祯皇帝自缢的消息后，龚鼎孳长久不语。江山已千疮百孔，百姓更是流离失所，他们二人在这时局中又能活到几时？

李自成带着大批人马来了，龚鼎孳投降了，他没有像有气节、有骨气的文人那般以身殉国，之后，他被封了官，和她还像往常一样生活。

匆匆而来的李自成，又匆匆离开了，随后，清军入关……在这个乱世当中，顾横波一直待在他身边，或鼓励他，或宽慰他，无形中让他对她多了眷恋。后来，他投了清朝，做了官，却背上了骂名。

国破了，江山易主，他和顾横波却还紧紧握住彼此的手，在众多家破人亡、妻离子散的故事里，他们无疑是幸运的。

四

顾横波跟着这个男人吃了不受苦头，少不了担惊受怕，也少不了骂名。

龚鼎孳在投降清朝时就已经注定了，他会被明朝的旧僚大骂没有气节，而清朝一方也会有人嘲笑讥讽他，总之，里外不是人。明朝的臣子和有骨气的人都在筹谋“反清复明”，但他从不参与，也没有像别人那样大骂清朝。

他曾尝试为自己辩解，著名丞相魏徵就曾侍两主，却依然赢得了生前身后名。重要的是天下苍生，是天下安定。权贵们不禁笑他自比魏徵，简直荒谬。在那个大环境下，他有心无力，矛盾且纠结，而顾横波一直陪在他身边，陪着他走过那些艰难岁月，不离不弃。

太常寺少卿、刑部尚书、礼部尚书、兵部尚书，这些官他都做过，遭过弹劾也受过恩赐，起起伏伏的官场路，也是顾横波上上下下担忧不已的心。

一品诰命夫人的荣耀，是对龚鼎孳家眷的犒赏，其正室童夫人却拒绝了，那个端庄大气的女人说她已经接受过前朝几次封赏，这诰命夫人还是由顾横波来做吧。

童夫人拒绝的荣耀就落到了顾横波头上，她知道这诰命夫人的身份意味着什么，是恭维声下夹杂了骂名。童夫人不愿受封是因为心有大明，所以不想接受清朝的封赏，但龚鼎孳已经入了清朝为官，那她就和他一起承受骂名吧。

有人说，这个女子太过贪慕虚荣，所以才会坐上一品诰命夫人的位子，她和那些以身殉国的女子完全不能相提并论。的确，这些气节、贞操的名声与她风马牛不相及，她要做的就是坚定不移地站在龚鼎孳这边，同他立场一致，自始至终。

顾横波只生下了一个女儿，且还因病夭折了，她站在那个写满荣华的位子上却是如此孤独，若非龚鼎孳相伴，她真的是孤苦伶仃。

45 岁那年，她死了，骂声却还在延续。

五

顾横波看起来得到了荣华富贵，却也惹得一身骂名——她跟着丈夫经受牢狱之灾，遭受国破之苦，最后得了一品诰命夫人，却引来了许多人的口诛笔伐。

顾横波不过是个柔弱的女子，何错之有？诚然，以身殉国的女子有着非同一般的气节，她们值得被歌颂、赞扬、铭记在历史中，但顾横波一没迫害过明朝臣民，二没做过什么为人不齿之事，却惹来众多非议，何其无辜？

她不过是和众多大明百姓一样，接受一朝天子一朝臣的事实，然后好好地活下去，哪怕活得并不轻松。

人人都有自己的决定，顾横波作为一个普通得不能再普通的百姓，她改变不了大明的气数，也挽救不了破碎的大明江山，她能做的就是陪在她的丈夫身边，看着他为民请命、保护明朝的文人志士，然后为劳累一天的他捶捶肩，如此而已。

歌尽桃花扇底风

李香君

一

波光粼粼的秦淮河，一畔是荟萃了文人志士的江南贡院，青年才俊在这里一展才华；另一畔烟船画舫、灯红酒绿，面如桃花的姑娘歌声婉转，低眉敛目的女子琵琶声怨。

许是受了那贡院的熏陶，许是秦淮河文化底蕴深厚，教坊里涌现了一批颇具才情的女子，她们知书达理、才情非凡、品行高洁，在那动荡不安的时局中经历家国之悲，遭受离乱之苦，并留在了历史的画卷中，熠熠生辉。

才子佳人的故事从来都是街头巷尾最津津乐道的话题。故事始于明末崇祯年间，芝兰玉树的名门公子爱上了颇具才情却流落教坊的名妓。男主人公是户部尚书之子侯方域，明末有名的“四公子”之一，在散文上造诣颇深；女主人公是媚香楼颇具才情的李香君，虽然流落风尘，却有一身傲骨。

李香君原本不姓李，姓吴，父亲还曾经在朝为官，如果不是因为得罪了魏忠贤一党，她说不定能成为一个在当地颇有名气的大家闺秀。但是，理想很丰满，现实很骨感，八岁的李香君因为家境败落而流落风尘之地，从此改姓李，叫李香，这个名字远没有李香君传播度广。“香”，是沁人心脾的香，却也免不了媚俗，添一“君”字，意蕴便大不同了，是像君子兰一般品行高洁。

虽然李香君流落风尘，但好在碰上了直爽仗义的养母李贞丽，对她颇为照顾。李香君在这里学习琴棋书画，她天分颇高，习得了一身技艺。

轻拢慢捻抹复挑，琵琶声绵绵不绝，歌声轻柔婉转。这样的女子怎会被埋没，李香君的才情被广为传扬，慕名而来的人络绎不绝，白面书生都知道媚香楼里有个李香君，非同一般。

二

玉面青衫的侯方域踏进了歌声婉转的媚香楼，叩开了李香君的门。

李香君房间的摆设正如她的名字一样，别有一番格调，笔墨纸砚、琴棋书画，只是一眼，他就知道这个女子必定不俗，和那些只晓得捣鼓胭脂水粉的青楼女子不同。

墙上挂着一幅画，画上江水悠悠，孤舟独行，右侧题有一诗：“瑟瑟西风净远天，江山如画镜中悬。不知何处烟波叟，日出呼儿泛钓船。”画工不俗，诗句更是颇具才情。他在看墙上的画，看得频频点头，而李香君在看他，看得心微微一动。

侯方域问那墙上画是何人之作。李香君带着些羞涩如实回答，那是她闲暇时画的。

远山眉如黛，面如芙蓉色，生得这样一副好相貌的女子，还这样有才华，侯方域顿时心里涌起一股柔情。两个人目光对上，眼波流转之间，情意初定。

媚香楼里他们二人两情相悦，煮酒烹茶、吟诗作对，过得好不快活。既然心中已有良人，梳栊[1]势在必行，侯方域从友人杨龙友那里弄来了足够的银子，还送了一面扇子给李香君，扇子上吊着他家祖传的扇坠，这是对李香君的认可。

谁知那用来梳栊的银子却埋下了祸根。银子并非杨龙友的，而是阮大铖为了拉拢侯方域，暗地里通过杨龙友给他的。阮大铖是个不折不扣的小人，人品低下。李香君得知此事后，怒气冲冲，认为侯方域绝不能结交这种人。阮大铖是有才情不错，但他是非不分、善恶不辨，是魏忠贤的党羽，这样的人绝非善类。

侯方域觉得李香君分析得很有道理，也就下定决心再不和这等小人来往。两人协商后，变卖了许多首饰，总算将钱凑齐还了回去，此事就这样过去了。

三

时局动荡，崇祯帝于煤山自缢，弘光帝在金陵建立了南明政权。那阮大铖竟然得到了弘光帝的重用，他想起当初侯方域不肯同自己结交这桩事就来气，现在有了身份、有了地位，自然要报复一番，不然心中那口气不出意难平！侯方域被他迫害得离开了秦淮河畔，李香君则在媚香楼闭门谢客。

她不知道什么时候才能和侯方域团聚，山河支离破碎，清军步步紧逼，他们的爱情也遭受了挫折。只是，她还没等来侯方域和她团聚，却等来了田仰要将她纳为妾室的消息。田仰是弘光帝面前的大红人，喜欢美人，尤其是她这样才华横溢的美人，娶回家看着、

[1] 古代男子与青楼女子非正式结婚。

抱着，定是爽快极了。李香君坚决不从，一女岂能侍二夫，她已经和侯方域有了夫妻之实，两人情投意合，在月下海誓山盟，如今怎能再嫁旁人？

在田仰的逼迫下，李香君一头撞在了栏杆上，血溅当场，一滴滴的血落在侯方域送她的白面宫扇上，触目惊心。

世上竟有如此烈女，抵死不嫁，田仰派来迎娶的人马只好悻悻而归。洁白无瑕的宫扇染上了一点儿红色。虽然污了扇子，却成全了名声，赢得了气节。杨龙友就着那点触目惊心的红，画出一朵朵盛开的桃花。床榻上，李香君手执宫扇，思念着侯方域。

阮大铖从来就不是个知难而退的人，他这个人越挫越勇，李香君是有血溅宫扇的决绝，但他就是想好好修理一下这个不听话的女人。深得皇上宠信的他，脑中又闪过一个念头，这李香君歌喉婉转、歌声悠扬，最合适在宫中做歌姬。于是，他带着皇上的旨意出现在媚香楼，李香君这次想拒绝也拒绝不了了。

她在宫里牵挂着侯方域，侯方域也在异乡牵挂着她。

四

清军南下，城破了，宫里的男男女女都匆匆逃亡，她也跟着人潮往外跑去。远处炮声震天，她逃出了皇宫。可人潮汹涌，侯方域在哪里？她看不到，侯方域也找不到她。到处都是火，打打杀杀的声音哪里都听得到。

山河破碎，不如青灯古佛相伴。她去了栖霞山，想要出家为尼。幸好侯方域找到了她，两人相拥而泣。

已过经年，她已经不再是只懂吟风弄月的青楼女子，连串的变故、打击让她变得沧桑了许多。侯方域也不是那个白面书生，国破了，山河不在了，他入清朝为官了。

好在兜兜转转后，经历了山河破碎，他们二人最终还是团聚了。他们紧紧握着彼此的手，相对无言，感受着这种失而复得的喜悦。他带着她回到了家中，以吴氏女的身份做了他的妾，婆母、夫人对她倒也不错。

她经历了半生坎坷，终于找到了归宿，她在众多姐妹中实属幸运。然而好景不长，她曾流落青楼的事终究还是被侯父知道了，风尘女子，素来上不得台面。虽然她一向隐藏得很好，然而纸包不住火，她最终被赶出了侯家。

她也曾是武官之女，无奈家道中落，才落入风尘之地，可她从未自甘堕落，一直品行高洁、颇具才气，但是在那样一个时代，那样一个封建家庭里，却还是得不到承认，哪怕她素来通情达理也无济于事。

侯方域心疼她，又将她接了回去，他爱的是个什么样的人，他再清楚不过。但是父父子子，他熟读诗书，晓得其中的道理，只能迫于无奈，眼睁睁地看着她被赶去庄园。他心中有愧，常常去庄园里看望她。

堵不住的流言蜚语，忍受不完的白眼、轻蔑，那些人曾在青楼里流连忘返，转眼却又破口大骂。出身是她的心头疤，她无力改变，只能默默忍受。

郁郁寡欢最伤身，心有郁结万事愁，她没熬多久就去了。那宫扇上的桃花依然开得正好，执宫扇的素手却永远地垂下了。

五

李香君，人如其名，她抵死不从的那一撞，让人惊叹她的气节和决绝。

溅血画作桃花扇，宫扇上的血都是她对侯方域至死不渝的情，此情感天动地，闻者落泪。

颠沛流离的一生、坎坷艰辛的遭遇，没有将她击垮，摆脱不了的青楼女子身份却给了她致命一击。侯方域不在意又如何，这世上的白眼、侯家上上下下的轻视，无不让她抑郁、惆怅。

后来，清朝文人孔尚任根据这一则才子佳人的故事写出了“借悲欢之情，写离合之感”的《桃花扇》，一时广为流传。剧作里的他们最后也没能携手与共，在国破山河碎的时代，儿女私情不过是如沧海一粟般不值一提，他们二人双双出家。

就这样终止的故事，留给人无限思考，故事里的李香君没有郁郁而终，他们都选择在木鱼声中回味着这写满悲欢离合的一生。

秦淮河水悠悠，埋葬了太多才子佳人的哀愁，那血染的桃花扇，承载着一个女子的辛酸和一个王朝的悲哀。